HEDWIG COURTHS-MAHLER

Feenhände

HEDWIG COURTHS MAHLER

Feenhände

WELTBILD VERLAG

Genehmigte Lizenzausgabe für
Weltbild Verlag GmbH, Augsburg 1997

Einbandgestaltung: Peter Engel, München
Umschlagmotiv: Superbild, München
Gesamtherstellung: Presse-Druck Augsburg
Printed in Germany
ISBN 3-7951-1443-8

I

Felizitas Rogga saß ihrem Pflegevater, Karl Wernher, gegenüber und las ihm aus der Zeitung vor.

Der alte Herr hatte sich in seinen Sessel weit zurückgelehnt und ließ mit Wohlgefallen seine Augen auf der lieblichen Erscheinung seiner Pflegetochter ruhen, während er dem vollen, weichen Klang ihrer Stimme lauschte.

Gerade als Felizitas einen Artikel zu Ende gelesen hatte, trat ein Diener ein und überreichte eine Besuchskarte.

»Der Herr wünscht in einer dringenden Angelegenheit den gnädigen Herrn zu sprechen«, meldete er.

Karl Wernher nahm die Karte und las:

Dr. Richard Wernher
Diplomingenieur

Sein Gesicht verfinsterte sich, und in seine Augen trat ein unmutiger Ausdruck, der Felizitas nicht entging.

Sie beugte sich zu ihrem Pflegevater hinüber. »Onkel Karl, was ist dir?«

Er reichte ihr die Karte. »Da, sieh her: Herr Doktor Richard Wernher! Er hat also seinen Doktor gemacht und offenbar ein Anliegen an mich. Aber er soll mich in Ruhe lassen, ich empfange ihn nicht.«

Felizitas sah betroffen von der Karte auf. »Onkel Karl, willst du ihn wirklich abweisen lassen? Tu es nicht, ich bitte dich. Es kann nur eine Sache von größter Wichtigkeit sein, die Doktor Wernher zu dir führt. Du müßtest ihn doch wenigstens anhören.«

»Müssen? Nein, Fee, ich muß nicht, und ich werde es nicht. Was kann mir von dieser Seite kommen? Gutes gewiß nicht. Nur alles Schlimme in meinem Leben knüpft sich an diesen Namen!«

Felizitas ergriff die Hand des alten Herrn und sah ihm bittend in die Augen: »Lieber Onkel, was kann Richard Wernher dafür, daß er der Sohn seiner Eltern ist?« fragte sie leise.

Der alte Herr stutzte. Dann blickte er unsicher zu ihr auf. »Dafür kann er natürlich nichts. Aber er ist Art von ihrer Art. Und ich will mit diesen Leuten nichts zu tun haben — nie mehr.«

Felizitas sah ihn traurig an. »Du bist sonst nie ungerecht, Onkel Karl. Anhören könntest du ihn doch. Sicher ist er nicht leichten Herzens in dein Haus gekommen.«

Der alte Herr schüttelte energisch den Kopf:

»Es bleibt dabei, ich werde den Doktor nicht empfangen!«

Da erhob sich Felizitas und legte den Arm um seine Schultern. »Lieber Onkel, wenn du ihn nicht empfangen willst, so laß es mich wenigstens tun.«

Er blickte sie kopfschüttelnd an. »Du scheinst darauf zu brennen, Fee, zu erfahren, was er will.«

Sie nickte schelmisch. »Freilich, nichts als Neugier, Onkel.«

Er drohte mit dem Finger. »Diese Untugend kenne ich noch nicht an dir. Aber meinetwegen denn, empfange du ihn. Frage ihn, was ihn zu mir führt, was du wissen willst.«

»Und wenn es mir wichtig scheint, rufe ich dich«, sagte sie lebhaft.

»Nein, so haben wir nicht gewettet. Du empfängst ihn und sagst ihm, daß ich nicht für ihn zu sprechen bin. Wenn er etwas Wichtiges hat, soll er es dir sagen.«

Sie schwankte einen Augenblick, als wollte sie noch eine Einwendung erheben, dann aber sagte sie zum Diener: »Führen Sie den Herrn Doktor in das Empfangszimmer.«

Als der Diener hinausgegangen war, sah der alte Herr Felizitas mit ernsten Augen an. »Also du willst dich wirklich dieser unangenehmen Begegnung aussetzen?«

Sie atmete tief auf. »So unangenehm wird sie ja nicht sein. Zwischen Richard Wernher und mir liegt nichts, was mich hindern könnte, ihn zu empfangen.«

»So? Ist das wirklich deine Ansicht, Fee? Hast du vergessen, daß es seine Eltern waren, die sich mit niedrigem Ränkespiel zwischen mich und deine unvergeßliche Mutter drängten und uns einander entfremdeten? Sie allein sind schuld daran, daß ich damals in blinder Leidenschaft deiner Mutter den Ring zurückschickte und auf Reisen ging, daß sie im Trotz dem ersten besten ihre Hand reichte und damit ihr Unglück besiegelte. Hast du vergessen, was deine Mutter an der Seite deines Vaters gelitten hat? Und in diese Ehe wurde sie nur durch die Menschen hineingetrieben, die mich um das Glück meines Lebens betrogen haben. Ich vergesse das nicht, meine liebe Fee — nie, niemals!«

Sie strich ihm sanft das Haar aus der Stirn. »Ich habe auch nichts vergessen, Onkel Karl, weder deine noch meiner Mutter Leiden. Aber an dem allen waren doch nur Richard Wernhers Eltern schuld und nicht er selbst.«

»So, und daß er dich eine Erbschleicherin genannt hat, ist er daran auch schuldlos?«

Felizitas strich sich über die Stirn, und um ihren Mund zuckte es schmerzlich. »In gewissem Sinn ist er auch daran schuldlos, Onkel Karl. Er sprach nur nach, was er von seinen Eltern gehört hat. Sie grollen mir, weil sie sich durch mich um den Preis ihres Ränkespiels betrogen sehen, denn du hast es ja laut genug vor der Welt erklärt, daß ich deine Universalerbin werden soll. So sieht auch Richard Wernher in mir sicher nur den fremden Eindringling, der ihn aus deinem Herzen und deiner Gunst verdrängt hat. Da ist es schließlich kein Wunder, wenn er mir keine freundschaftlichen Gefühle entgegenbringt.«

Karl Wernher machte eine abwehrende Handbewegung. »Er ist der Sohn seiner Eltern, und der Apfel fällt nicht weit vom Stamm.«

Über Felizitas' Gesicht fiel ein Schatten. Traurig sah sie den alten Herrn an. »Onkel Karl, ich bin doch auch die Tochter meines Vaters«, sagte sie leise.

Da stieg die Röte in sein Gesicht. Er zog das Mädchen zärtlich zu sich herab.

»Meine liebe Fee, verzeih mir! Aber du bist nur die Tochter deiner Mutter, die ich über alles liebte!«

Ihr Gesicht hellte sich auf. »Nun, siehst du, ebensogut kann Richard Wernher nach seinem Vater geartet sein, der, wie du mir selbst gesagt, nicht schlecht war. Und Richard Wernher ist an alledem sicherlich ganz unschuldig.«

Sie wandte sich entschlossen zur Tür, sie wollte den jungen Doktor empfangen. Vielleicht gelang es ihr, eine Verständigung zwischen Onkel und Neffen über dessen Eltern hinweg herbeizuführen.

Karl Wernher sah ihr mit gerührtem Blick nach. Und das nennen sie eine Erbschleicherin, dachte er.

Felizitas blieb an der Tür des Empfangszimmers einen Augenblick stehen und atmete tief auf. Dann trat sie ein. Mitten in dem behaglichen Raum stand ein Herr im Beginn der Dreißiger, hoch und schlank gewachsen. Sein Gesicht zeigte feste, energische Züge, um den ausdrucksvollen, schmallippigen Mund lagerte ein harter, herber Zug, der von erbittertem Kampf mit des Lebens Nöten zeugte. Es lag etwas Kampfbereites und zugleich Verschlossenes in diesem Männergesicht, das vielleicht jetzt doppelt hervortrat, weil Richard Wernher ahnte, daß ihm eine schwere Stunde bevorstehe.

Als er Felizitas eintreten sah, erschien ein abweisender, schroffer Ausdruck in seinem Gesicht. »Verzeihung, ich wünsche Herrn Karl Wernher zu sprechen«, sagte er, gleichsam ihre Einmischung ablehnend.

Sie wurde ein wenig bleich, sah ihn aber ruhig und fest an. »Mein Pflegevater ist nicht wohl, Herr Doktor, und kann Sie daher nicht empfangen.«

Seine Augen blitzten zornig auf. »Sie wollen wohl sagen, daß Sie meinem Onkel nicht gestatten, mich zu empfangen?«

Sie blieb ganz ruhig. »Nein, das will ich ganz gewiß nicht sagen.«

»Aber es ist jedenfalls so«, beharrte er.

»Es ist nicht so. Weil mein Pflegevater sich weigerte, Sie zu empfangen, und weil er Sie abweisen lassen wollte, bat ich ihn, mir zu gestatten, Sie empfangen zu dürfen. Denn ich nahm an, nur ganz triftige Gründe könnten Sie dazu bewogen haben, das Haus meines Pflegevaters zu betreten.«

»Allerdings gehörten zwingende Gründe dazu, mich zu einem Weg in dieses Haus zu veranlassen, in dem man mich nie mehr empfing — seit Sie sich darin aufhalten.«

»Und da nehmen Sie ohne weiteres an, daß ich daran schuld bin, daß Ihr Onkel Karl jede Beziehung mit Ihnen abgelehnt hat?«

»Da ich meinem Onkel niemals Veranlassung gegeben habe, mir zu zürnen, so muß meine Annahme wohl zutreffen. Denn von dem Tag an, da Sie in dies Haus Ihren Einzug hielten, habe ich es nie mehr betreten dürfen.«

Sie blieb vollkommen ruhig und erwiderte: »Ich gebe Ihnen zu bedenken, daß ich damals ein Kind von etwa zehn Jahren war! Im übrigen verkennen Sie mich vollständig. Wer Ihnen gesagt hat, daß ich eine Erbschleicherin sei — ich weiß, daß Sie das in einer Gesellschaft von mir behauptet haben —, der hat Sie falsch unrerrichtet, entweder aus Unwissenheit oder aus Bosheit. Nichts liegt mir ferner, als Onkel Karl gegen Sie zu beeinflussen. Ich würde mich selbst verachten müssen, wollte ich das tun.«

Er sah sie forschend an. »Onkel Karl erklärt es aber ganz öffentlich, daß er Sie allein zu seiner Erbin einsetzen will. Und er hat doch Verwandte, die ihm näher stehen als Sie; er hat früher auch oft genug bewiesen, daß er einen stark ausgeprägten Familiensinn hat und mir oft genug versichert, daß ich ihm lieb und wert sei wie ein Sohn. Das alles scheint er vergessen zu haben und heute nur noch Sie zu lieben.«

Felizitas bot alle Kraft auf, um ruhig zu bleiben. »Haben Sie noch niemals gehört, daß es festere Bande zwischen zwei Menschen geben kann als die des Blutes? Zwischen Ihrem Onkel und mir bestehen solche, und was er meinem Herzen geworden, kann nur ich ermessen. Aber sein Reichtum lockt mich nicht, und der Gedanke, daß er mich zu seiner Alleinerbin machen will, schreckt mich mehr, als daß er mich beglückt. Und für den Verlust seiner Person würde mich kein Reichtum der Welt entschädigen können. Denn er ist der einzige Mensch auf Erden, der mich liebt und den ich lieben darf. Wollen oder können Sie mir daraus einen Vorwurf machen?«

Es lag eine so überzeugende Wahrhaftigkeit in ihren

Augen, daß Richard Wernher seinen Groll und sein Mißtrauen gegen sie dahinschwinden fühlte.

Dieses Mädchen machte einen so ganz anderen Eindruck auf ihn, als man sie ihm geschildert hatte.

Er war heute ohne Wissen seiner Eltern hier, und dieser Weg war ihm sehr schwer geworden. Aber er war ihn doch gegangen, weil viel, weil alles für ihn davon abhing. Er atmete tief auf, strich sich das Haar aus der Stirn und griff Felizitas' letzte Worte auf: »Daraus wird Ihnen gerechterweise niemand einen Vorwurf machen können. Ich gestehe ganz offen zu, daß ich Sie einmal in der Erregung in Gesellschaft einigen Freunden gegenüber eine Erbschleicherin nannte, weil mir von meinen Eltern die Überzeugung beigebracht worden war, daß Sie es auf das Erbe meines Onkels abgesehen haben. Aber vielleicht befinden sich meine Eltern damit in einem Irrtum. Wenn ich Ihnen mit meinem Vorwurf unrecht tat, nehme ich ihn in aller Form hiermit zurück. Und wenn Sie so hoch über allen niedrigen Regungen stehen, werden Sie mir vielleicht Ihre Hilfe nicht versagen. Ich bitte Sie, verschaffen Sie mir eine Unterredung mit meinem Onkel. Ich will ihm eine Bitte aussprechen, von deren Erfüllung vielleicht mein ganzes Lebensglück abhängt. Nicht nur das meine, sondern — was mir noch schwerer wiegt — auch das eines mir treuen Menschen. Ich habe mich weiß Gott schwer genug zu diesem Schritt entschlossen; ich bin nicht gewohnt, zu bitten, sondern habe mich bisher trotzig durchs Leben gekämpft. Jetzt aber brauche ich Hilfe — nicht für mich allein. Und deshalb bitte ich Sie: schaffen Sie mir Zutritt zu meinem Onkel. Ganz wird er doch noch nicht vergessen haben, daß ich ihn einst wie ein Sohn liebte und er mir in väterlicher Güte gegenüberstand.«

Der harte, herbe Klang seiner Stimme hatte sich verloren, und auch seine Augen blickten nicht mehr so kalt wie zuvor auf das schöne Mädchen vor ihm.

Sie hatte ihn aufmerksam angehört und sah nun traurig vor sich nieder. »Ich habe Onkel Karl soeben dringend gebeten, Sie zu empfangen. Er weigerte sich, obwohl ich ihm zu bedenken gab, daß nur etwas außerordentlich Wichtiges Sie zu ihm führen könne. Wollen Sie mir nicht sagen, was das ist? Ich verspreche, daß ich Onkel Karl Ihr Anliegen mitteile und Ihre Sache nach Kräften bei ihm führen werde.«

Seine Stirn legte sich in Falten. »Es hat dann wohl keinen Zweck.«

Felizitas strat auf ihn zu und sah ihn bittend an. »Sagen Sie das nicht. Ich bitte Sie, vertrauen Sie mir, und helfen Sie auf diese Weise eine Brücke zu schlagen, auf der Sie sich eines Tages mit Onkel Karl begegnen können. Im Grunde leidet er ja selbst unter seinem Groll, und ich habe keinen innigeren Wunsch, als eine Aussöhnung zwischen Ihnen beiden anzubahnen. Ich betone absichtlich, daß ich nur Sie allein mit Ihrem Onkel versöhnen möchte. Denn mit Ihren Eltern wird er sich nie wieder aussöhnen, dazu liegt zuviel Schweres zwischen ihnen. Aber ganz hat Onkel noch nicht vergessen, daß Sie ihm einst lieb waren. Ich kenne ihn zu gut und sehe manches, was er verbergen und vor sich selbst ableugnen möchte. Also nochmals bitte ich Sie in Ihrem eigenen Interesse, vertrauen Sie mir an, was Sie dem Onkel zu sagen wünschen.«

Sie hatte so warm und dringend gebeten, daß er sein Mißtrauen mehr und mehr schwinden fühlte. Und schließlich, einen Versuch konnte er ja machen.

Einen Augenblick zögerte er noch. Dann erhob er entschlossen den Kopf. »Nun gut, ich will Ihnen vertrauen.

Vielleicht befinden sich meine Eltern über Ihre Persönlichkeit im Irrtum. Ich will versuchen, sie umzustimmen.«

Felizitas' Augen blitzten stolz. »Die Meinung Ihrer Eltern hat keinen Wert für mich, Herr Doktor. Bemühen Sie sich nicht. Es liegt mir nur daran, von Ihnen nicht verkannt zu werden, eben weil ich Sie an allem für so schuldlos halte, wie ich es selber bin.«

»Und meine Eltern halten Sie demnach an dem Zerwürfnis mit Onkel Karl nicht für schuldlos?« fragte er.

Sie sah an ihm vorbei. »Auf diese Frage erlassen Sie mir die Antwort. Ich will weder lügen noch Sie und Ihre Eltern verletzen. Bitte, nehmen Sie Platz.«

Doktor Richard Wernher sah eine Weile vor sich hin; dann hob er seine Augen und sah Felizitas ernst an. »Ich will ganz offen zu Ihnen sein, und wenn ich ein wenig weitschweifig werde, dann verzeihen Sie mir! Ich bin Ingenieur und habe eine Erfindung gemacht, von der ich mir viel Erfolg verspreche. Um sie ausnützen zu können, brauche ich für den Anfang ein Kapital von dreißigtausend Mark, bin aber völlig ohne Vermögen, ebenso wie meine Eltern. Mit Mühe und Not habe ich mein Studium absolvieren können. Meinen Zeugnissen verdanke ich es, daß ich sogleich eine gute Anstellung bei den Seidel-und-Schubert-Werken bekommen habe. Doch da ich durch mein Studium den letzten Notgroschen meiner Eltern aufgebrauchte, bin ich nun verpflichtet, ihnen einen Teil meines Einkommens abzugeben. So muß ich mit jedem Pfennig rechnen und kann keine Ersparnisse machen. In meiner Lage ist es schwer, dreißigtausend Mark geliehen zu bekommen. Ich habe verschiedentlich versucht, ein solches Darlehen zu erhalten — aber immer vergeblich. Man gab mir höchstens den Rat, mich an meinen reichen Onkel zu wenden, der würde mir doch sicher das Geld geben, wenn meine Erfindung wirklich Erfolg verspräche. Aber — verzeihen Sie, wenn ich Sie langweile.«

Felizitas schüttelte den Kopf. »Sie langweilen mich nicht. Bitte sprechen Sie weiter.«

Richard Wernher fuhr fort:

»Vor einigen Wochen schien sich mir eine Hoffnung aufzutun. Ich liebe seit Jahren eine junge Dame, deren Vater als vermögender Mann galt und ein großes Haus führte. Gerade darum aber wagte ich lange nicht, der jungen Dame meine Gefühle zu zeigen. Ich wollte nicht in den Verdacht eines Mitgiftjägers kommen. Aber schließlich fanden sich unsere Herzen doch, obwohl sie mir sagte, daß ihr Vater ganz andere Absichten mit ihr habe und sie mit einem reichen Fabrikbesitzer zu verheiraten wünsche, dem sie aber niemals angehören werde. Noch ehe meine Braut sich ihren Eltern anvertrauen konnte, traf sie ein furchtbarer Schlag. Ich Vater machte Bankrott. Sein Reichtum war in den letzten Jahren nur Schein gewesen; er hatte schon lange weit über seine Verhältnisse gelebt und war nun plötzlich ein Bettler. Unfähig, den Schlag zu überwinden, schied er freiwillig aus dem Leben.«

Felizitas sah überrascht auf. Sie hatte ihm voll Teilnahme zugehört. Nun blitzte es in ihren Augen auf. »Sie sprechen von Judith Walberg und ihrem Vater?« fragte sie in atemloser Spannung.

Er neigte bejahend das Haupt. »Da Sie es erraten haben, will ich es nicht ableugnen, aber ich bitte Sie um strengste Verschwiegenheit.«

»Die halte ich für selbstverständlich.«

»Ich danke Ihnen. Nun habe ich Ihnen nicht mehr viel zu sagen. Meine Hoffnungen sind durch den jähen Zusammenbruch Friedrich Walbergs vernichtet worden. Aber das allein hätte mich nicht zu Onkel Karl getrieben, es ist die Sorge um Judith. Sie ist in Reichtum und Glanz aufgewachsen, ist gewöhnt, aus dem vollen zu schöpfen, und steht nun dem Nichts gegenüber. An Entbehrungen ist sie nicht gewöhnt, und wenn ich ihr nicht wenigstens ein annehmbares, sorgenfreies Dasein schaffen kann, dann — dann darf ich sie nicht an meiner Seite halten, dann muß ich sie freigeben!«

Die letzten Worte sprach er in fieberhafter Erregung, und sein Gesicht zeigte den Ausdruck düsteren Schmerzes.

Felizitas wagte nicht, ihn zu unterbrechen. Mitleidsvoll sah sie ihn an. Er richtete sich auf und strich sich über die Augen. »Verzeihen Sie, ich ließ mich gehen.«

Ihre Augen leuchteten warm in die seinen. »Ich habe nichts zu verzeihen, nur zu danken für Ihr Vertrauen.«

Mit erzwungener Ruhe fuhr er fort: »Könnte ich meine Erfindung ausnutzen, würde ich imstande sein, einer Frau an meiner Seite ein sorgenfreies Leben zu bieten. Aber das kann ich nicht, wenn ich nicht mindestens ein Kapital von dreißigtausend Mark zur Verfügung habe. Nur geliehen; nur auf fünf Jahre. Für mich heißt es jetzt, mir das Geld zu verschaffen oder auf das Mädchen zu verzichten. Und so unternahm ich den Gang hierher. Es handelt sich um das Schicksal zweier Menschen. Und deshalb bitte ich Sie, helfen Sie, meinen Onkel zu bewegen, daß er mir das Geld vorschießt. Wollen Sie das tun?«

Felizitas atmete tief auf. »Ich will Ihre Sache zu der meinen machen, mein Wort darauf. Lassen Sie mich mit dem Onkel sprechen, geben Sie mir bis morgen oder übermorgen Zeit, dann sollen Sie hören, was ich erreicht habe. Bitte, geben Sie mir Ihre Adresse, ich werde Ihnen schreiben, sobald ich die Entscheidung habe.«

Er reichte ihr seine Karte, auf die er seine Adresse

schrieb. »Ich danke Ihnen und werde Ihnen nie vergessen, was Sie für mich tun wollen.«

Er erhob sich.

Sie reichte ihm die Hand. »Es bedarf keines Dankes, es ist mir ein Bedürfnis, Ihre Sache zu führen. Leben Sie wohl, Herr Doktor — und hoffentlich auf Wiedersehen!«

Er führte ihre Hand an seine Lippen, bezwungen von dem guten, warmen Blick ihrer Augen.

Dann verneigte er sich und ging.

Felizitas sah ihm eine Weile sinnend nach. Sie kannte Judith Walberg, sie war ihr oft in Gesellschaften begegnet, und ihre stolze Schönheit hatte ihre Bewunderung erregt. Judith Walberg hatte einen Bruder, der Felizitas nicht ganz gleichgültig war.

Als sie von dem Selbstmord Friedrich Walbergs hörte, hatte sie mit innigem Mitleid an Judith Walberg denken müssen, die nun plötzlich von der Höhe ihrer gesellschaftlichen Stellung herabsinken würde. Gerade das hatte aber in Felizitas den Wunsch geweckt, die Freundschaft Judiths zu erringen, um die sie bisher nicht zu werben gewagt hatte. Und nun wußte sie, daß die stolze, unnahbare Judith ihr Herz an den schlichten, vermögenslosen Doktor Wernher verschenkt hatte.

Sie fuhr aus ihrem Sinnen empor und ging zu ihrem Pflegevater hinüber, der ihr mit gespanntem Blick entgegensah. »Nun, Fee, hatte ich nicht recht? Sicher wollte Richard Wernher Geld von mir haben.«

Sie trat neben seinen Lehnstuhl. Liebevoll umfaßte sie seine Schulter und legte ihre Wange an die seine.

»Onkel Karl, du mußt mich einmal ganz ruhig anhören.«

Er schüttelte heftig das Haupt. »Nein, nein, ich brauche nichts zu hören, will nichts hören. Es genügt mir vollständig zu wissen, daß er Geld haben wollte. Was sollte ihn auch sonst zu mir führen? Er macht es wie seine Eltern. Die haben ja auch nie etwas anderes haben wollen als Geld, Geld und wieder Geld. Und nun der Sohn — dasselbe Lied! Aber er soll kein Glück bei mir haben!«

Sie streichelte seine Hand. »Rede dich doch nicht in Zorn, Onkel Karl, und laß dir erst einmal erzählen, was ich mit ihm gesprochen habe.«

»Ich bitte dich — ich will nichts davon hören, Fee.« — Sie sah ihn bittend an.

»Mir zuliebe, bitte, Onkel!«

Er streichelte über ihre blühende Wange. »Nun also, anhören kann ich dich ja. Aber das versichere ich dir, Geld bekommt er nicht von mir, nicht einen Pfennig!«

»Onkel Karl, ich glaube, Richard Wernher tust du unrecht. Wenn du ihn gesprochen hättest, wenn du in sein ehrliches stolzes Gesicht gesehen hättest, dann wüßtest du so gut wie ich, daß er kein niedriger Mensch ist.«

Er sah sie scharf und forschend an. »Du bist ja eine sehr warme Fürsprecherin für ihn.«

»Weil ich glaube, daß er es verdient. Er will auch das Geld nur geliehen haben auf fünf Jahre.«

Karl Wernher lachte höhnisch auf. »Geliehen! Ja, so sagte sein Vater auch immer, wenn er ähnliche Anliegen an mich hatte. Man vergißt dann einfach das Wiedergeben.«

»Das würde Richard Wernher nicht tun.«

Wieder sah er sie forschend an. »So schnell willst du einen Menschen durchschaut haben, dem du das erstemal im Leben gegenübergetreten bist?«

Sie lächelte. »Du nennst mich doch immer im Scherz

eine Hellseherin, Onkel Karl. So oft hast du mir gesagt, ich sei trotz meiner Jugend eine gute Menschenkennerin.«

»Nun ja, instinktiv triffst du zumeist das Richtige.«

»Nun also! Und in diesem Fall sagt mein Instinkt laut und vernehmlich: Richard Wernher ist von anderer Wesensart als seine Eltern. Er ist ein ehrlicher, tüchtiger Mensch, der im schwersten Lebenskampf steht und sich darin behauptet.«

Karl Wernher machte ein spöttisches Gesicht. »Du schwärmst ja schon förmlich für diesen Menschen! Fee, du wirst dich doch um Gottes willen nicht in ihn verliebt haben?« Eine heiße Angst sprach aus seinen Worten.

Felizitas lachte fröhlich auf. »Da kannst du unbesorgt sein, Onkel Karl.«

»Gott sei Dank!«

Sie wurde ernst. »So sehr ich mich bemühe, ihm gerecht zu werden, so könnte ich doch nie vergessen, daß er der Sohn der Frau ist, die dein und meiner Mutter Lebensglück zerstört hat. Ihn zu lieben wäre ich nicht imstande, aber ich will ihm auch nicht unrecht tun.«

»Im übrigen würde es mich gar nicht wundern, wenn er, aus eigenem Antriebe oder veranlaßt von seinen Eltern, versuchen würde, sich um dich zu bewerben, um so auf Umwegen zu meinem Geld zu kommen.«

Sie schüttelte das Haupt. »Da hast du einen völlig falschen Verdacht, Onkel Karl, den ich zerstreuen kann. Richard Wernher ist bereits, wenn auch erst heimlich, verlobt. Er hat es mir gesagt. Nicht seinetwegen hat er sich dir mit seiner Bitte genaht, sondern aus Angst und Sorge um seine Braut, aus Furcht, sie zu verlieren. Das trieb ihn zu diesem Schritt, der ihm sauer genug geworden sein mag. Darf ich dir nun alles erzählen?«

Der alte Herr zuckte die Achseln. »Wenn es denn durchaus sein muß, du gibst ja sonst doch keine Ruhe. Aber ehe du beginnst, laß dir eins sagen: Niemals tue ich ihm oder seinen Eltern wieder etwas Gutes, das schwöre ich dir, und ich weiß mein Wort zu halten! Nie mehr bekommt einer von der Familie Wernher einen Pfennig Geld von mir, weder geliehen noch geschenkt, weder zu meinen Lebzeiten noch nach meinem Tod.«

Felizitas erbleichte und sah ihren Pflegevater traurig an. »So hättest du nicht sprechen sollen, Onkel Karl. Solch ein Wort wird oft zu einem harten Zwang.«

»Ich wußte, was ich tat, Fee«, sagte er kalt. »Es hieße, mich an deiner Mutter noch im Grab versündigen, wenn ich diesen Menschen jemals eine Wohltat erweisen würde.«

Sie strich sich das Haar aus der Stirn. »Nun lohnt es sich kaum, daß ich dir erzähle, was Richard Wernher mir gesagt hat.«

»Nun, die Hauptsache wußte ich ja schon, daß er Geld will. Wieviel sollte es denn sein?«

»Dreißigtausend Mark, Onkel Karl. Er hat eine Erfindung gemacht, und um sie auszunutzen, braucht er das Geld.«

»So, so — eine Erfindung?«

Er hörte nun doch interessiert zu. Aber sein Gesicht blieb hart und unbeweglich. Als Felizitas zu Ende war, merkte er, daß ihm unversehens etwas von seinem Groll abhanden gekommen war. Aber er ließ es sich nicht merken, sondern sagte nur: »Es ist Zeit, zu Tisch zu gehen.«

Felizitas kannte ihren Pflegevater sehr gut. Sie fühlte trotz seiner Abwehr, daß er nicht so ungerührt geblieben war, wie er sich stellte. Aber sie wußte auch, daß er sich hinter seinem Wort wie hinter einem uneinnehmbaren Bollwerk verschanzen würde.

Karl Wernher entstammte einer alten Tuchfabrikantenfamilie, die es im Laufe von Generationen zu beträchtlichem Wohlstand gebracht hatte. Seine eigene Fabrik hatte er schon vor Jahren in ein Aktienunternehmen umgewandelt und sich seines leidenden Zustandes wegen ganz vom Geschäft zurückgezogen. Neben seinem sehr bedeutenden Vermögen besaß er als Erbe seiner Eltern ein altes, schönes Patrizierhaus mitten in einem großen, parkartigen Garten. Aber er wurde seines Reichtumes nicht froh, denn den schweren Schlag, der ihn damals getroffen hatte, als er durch das Ränkespiel seiner Verwandten die über alles geliebte Braut verlor, hatte er nie überwinden können.

Karl Wernher war damals in die weite Welt gegangen und hatte aus den Tropen den Keim zu seinem Leiden mitgebracht. Die einstmals Geliebte hatte in ihrer Verzweiflung einem anderen die Hand gereicht, einem Unwürdigen, der in wenigen Jahren ihr ganzes Vermögen verspekuliert hatte, so daß ihr bei seinem frühen Tode nichts geblieben war als der Heidehof, eine Art Vorwerk mit Meierei, draußen vor der Stadt, in der Heide gelegen. Dort hatte die unglückliche Maria Rogga, Felizitas' Mutter, nach dem Tod ihres Mannes die letzten einsamen Jahre ihres Lebens verbracht, scheu und zurückgezogen von aller Welt.

Kurz vor Marias Ende hatte sie Karl Wernher, der von ihrem Elend gehört, noch einmal aufgesucht, und erst auf ihrem Totenlager erfuhr die arme Frau, wer das Glück ihres Lebens zerbrochen hatte, und Karl Wernher mußte nun, da es für immer zu spät war, aus dem Mund der Sterbenden hören, daß alle jene Verdächtigungen seiner

Verwandten, die ihn dazu bestimmt hatten, Maria ohne jede Erklärung den Verlobungsring zurückzuschicken, nichts als Lug und Trug gewesen waren. Nur den einen Trost konnte die arme Maria mit ins Grab nehmen, daß für ihr verlassenes Kind fortan gesorgt war, denn Karl Wernher hatte ihr versprochen, die kleine Felizitas zu sich zu nehmen und die Verwaiste wie sein eigenes Kind zu halten. Es war der einzige Sonnenstrahl, der die letzten Stunden Maria Roggas mit mildem Schein verklärte.

Und Karl Wernher hatte treulich Wort gehalten. Gleich nach dem Tod der Mutter hatte er Felizitas zu sich genommen und war dem Kind ein sorgender Pflegevater geworden.

Den Heidehof hatte er nicht verkaufen wollen, er sollte Felizitas als Andenken an die früh verstorbene Mutter und als ein Stück heimatlicher Scholle verbleiben. Die Meierei löste er auf und ließ den Hof von einem alten Gärtnerpaar bewirtschaften. Im Sommer pflegte Wernher mit seiner Pflegetochter einige Monate auf dem Heidehof in ländlicher Stille zu verleben, und so blühte das Kind von Jahr zu Jahr unter der Sonne der Heide immer lieblicher auf.

Als Felizitas herangewachsen war und von ihrem Pflegevater in die Gesellschaft eingeführt wurde, fehlte es ihr nicht an Bewerbern. Allein allen sich ihr Nähernden zeigte sie nichts als eine gleichmäßig kühle Freundlichkeit, und so konnte niemand sich rühmen, von ihr bevorzugt zu werden. Und der Mann, den sie selber hätte bevorzugen mögen, hielt sich fast geflissentlich von ihr fern.

Es war Rolf, Judith Walbergs Bruder, der, etwa eine halbe Stunde vom Heidehof entfernt, auf einem von einem Onkel ererbten Gut lebte, das er selbst bewirtschaftete. Ab und zu war Felizitas Judith in Gesellschaften begegnet und hatte sich sofort zu dem vielumschwärmten Mädchen hingezogen gefühlt. Wie furchtbar mußte Judith unter dem Zusammenbruch ihres Hauses gelitten haben. Ihr Bruder, der dem Vater immer ferngestanden und der alles vorausgesehen haben mußte, war nun ihr einziger Schutz. Sie würde wohl, wie Felizitas annahm, in seinem Haus eine Zuflucht suchen, da ihr Richard Wernher in seiner Vermögenslosigkeit eine solche nicht zu bieten vermochte.

Immer wieder mußte Felizitas an das Schicksal der beiden denken, das sie so gern zum Guten gewendet hätte. Aber nach der letzten Aussprache mit ihrem Pflegevater war jeder weitere Schritt unmöglich geworden; hatte doch Karl Wernher sein Wort verpfändet, seinem Neffen auch nicht einen roten Heller zur Ausführung seiner Pläne zu geben.

Felizitas saß am Fenster ihres Zimmers und starrte ratlos in den Park hinaus. Was nützte es ihr in diesem Augenblick, eine reiche Erbin zu sein, wenn sie sich dennoch außerstande sah, denen zu helfen, die im Augenblick einer Hilfe dringend bedurften.

Sie dachte daran, wie oft ihr Pflegevater mit ihr von seinem Testament gesprochen hatte, das sie einst zur Alleinbesitzerin seines gesamten Vermögens machen sollte. Er verwahrte es in einer altertümlichen Kassette aus getriebenem Silber, die reich mit Verzierungen versehen war. Ein Gewinde von Rosen und Rosenblätterm umrankte den Deckel und wurde durch ein goldenes Spruchband zusammengehalten, dessen Inschrift lautete:

»In Treuen verwahr
An tausend Jahr,
Was anitzt umschließet
Dein erzen Gewand.«

Die Buchstaben dieses Spruches waren durch den häufigen Gebrauch an zwei Stellen abgenutzt und verwischt. Das T in dem Wort Treuen und das a in dem Wort Gewand waren nicht mehr zu entziffern. Onkel Karl hatte Felizitas eine in seiner Familie überlieferte Geschichte von dieser alten Kassette erzählt, zu der noch ein Gegenstück existiert hatte.

Die Wernhers vermochten ihren Stammbaum bis zu dem Anfang des sechzehnten Jahrhunderts zu verfolgen. Seltsamerweise wurde in der Familie durch viele Jahrzehnte immer nur ein Sohn geboren, auf den das Erbe des Vaters übergegangen war. Aber dann durfte sich ein Wernher doch einmal zweier Söhne erfreuen, und von diesem hatte der ältere Gewerbe und Geschäft des Vaters fortgesetzt und fortgeführt, während der andere die Goldschmiedekunst erlernt hatte. Und diese zwei Brüder hatten zwei Schwestern heimgeführt, die Töchter eben jenes Meisters, bei dem der jüngere Bruder seine Kunst erlernt hatte.

Diese beiden Schwestern brachten ihren Männern den gleichen Brautschatz mit in die Ehe, eben jene Silberkassetten, von denen es in der Familienchronik hieß, jede sei mit Golddukaten gefüllt gewesen, und beide hätten sich geglichen wie ein Ei dem andern. Jede sollte auch das gleiche Spruchband mit dem gleichen Spruch geziert haben, und auch die zugehörigen Goldschlüssel, hieß es, hätten sich aufs Haar geglichen. Der Vater der beiden Bräute hatte die Kassetten selbst gearbeitet und durch diese Mitgift bezeugen wollen, daß ihm eine seiner Töchter so lieb sei wie die andere. Jeder der Brüder Wernher hatte nur einen Sohn gehabt, und so war es in beiden Familien bis heute geblieben. Karl Wernher war der einzige Nachkomme des Tuchwebers und Georg Werner der einzige des

Goldschmieds, sonst waren keine Verwandten mehr vorhanden.

In beiden Familien waren diese silbernen Kassetten immer von dem Vater auf den Sohn vererbt worden. In Karls Familie hatte sich auch Wohlstand und Reichtum vererbt, aber Georg Wernhers Vorfahren hatten den ererbten Reichtum nicht zu hüten verstanden. Auch die alte Brautschatzkassette galt in diesem Zweig der Familie für verschollen. Entweder war sie verkauft oder eingeschmolzen worden, denn sie besaß immerhin einen ansehnlichen Wert; doch konnte sich Georg Wernher noch besinnen, daß er als Knabe die Kassette in den Händen seines Vaters gesehen habe. Er hatte auch einmal mit Karl Wernher darüber gesprochen, und dieser bedauerte, daß ein so altes Erbstück nicht zu erhalten gewesen sei. Er selbst hätte es gern mit Gold aufgewogen, wenn es dadurch in der Familie verblieben wäre.

In dieser von Geschlecht zu Geschlecht ererbten Kassette verwahrte Karl Wernher sein Testament, und die Kassette stand wohlgeborgen in seinem Geldschrank. Am dritten Tag nach seinem Tod sollte laut seiner Verfügung das Testament eröffnet werden.

II

Als Doktor Richard Wernher Felizitas verlassen, hatte er schweren Herzens seine elterliche Wohnung aufgesucht. Auf dem Weg dorthin überdachte er noch einmal seine Lage. Gewiß, er hätte seine Erfindung an die Werke verkaufen können, in denen er tätig war, aber es war ihm klar, daß man ihn dann mit einer Summe abfinden würde, deren Geringfügigkeit nicht ausreichte, ihm als Grundlage für eine selbständige Existenz zu dienen. Darum — wollte er sein Ziel erreichen, mußte er selber die Verwertung seiner Erfindung in die Hand nehmen, und dazu brauchte er nach seiner Berechnung nicht mehr als dreißigtausend Mark. Seine gesicherte Stellung in den Schubert-Werken mußte er dann freilich aufgeben, denn die Verwirklichung seiner Idee forderte seine ganze, ungeteilte Kraft. Er selbst glaubte unbedingt an den Erfolg, aber so stark auch seine persönliche Überzeugung war, so viel Schwierigkeiten bot es doch, den Geldmann zu finden, der seinen Glauben an den Erfolg teilte.

Seinen Eltern gegenüber hatte Richard Wernher nichts von seiner Erfindung verlauten lassen, denn er war nicht der Mann von vielen Worten, sondern ein Mann der Tat; auch wollte er sie nicht unnötig beunruhigen, denn er kannte das lebhafte Temperament seiner Mutter, die sich nur allzubald in den kühnsten Hoffnungen gewiegt haben würde. Ebenso hatte er bis heute über seine heimliche Verlobung mit Judith Walberg geschwiegen. Wie eine Erleichterung empfand er das jetzt, als er dem Hause seiner Eltern zuschritt. Zu welch unerquicklichen Szenen würde es wohl nach dem Zusammenbruch Walbergs gekommen sein, wenn seine Eltern darum gewußt hätten? Sie hätten ihm seine Last nicht tragen helfen, sondern sie ihm nur noch schwerer gemacht.

Bei der Mahlzeit war er noch einsilbiger als gewöhnlich und gab auf die Fragen seines Vaters zerstreute Antworten, so daß es den Eltern auffiel. Nach ihrer Art wollten sie in ihn dringen, aber er entschuldigte sich mit großer Eile wegen einer wichtigen Besprechung in den Werken.

Sein Weg führte ihn am Walbergschen Haus vorbei. Sein Blick streifte die Fenster des oberen Stocks, die fast alle mit Jalousien verschlossen waren. Vor dem Eingang hielten große Möbelwagen. Richard wußte, daß die wertvolle Einrichtung des Hauses im Konkurs versteigert werden sollte; alles mußte verkauft werden, um die Schulden zu tilgen, die Friedrich Walberg hinterlassen hatte.

Richard wurde das Herz schwer, als er daran dachte, wie Judith unter alledem leiden mußte. Seit dem Tod ihres Vaters hatte er sie noch nicht wieder sehen und sprechen können.

Wie würde sie sich in die veränderten Verhältnisse schicken? Er konnte es sich nicht denken, daß sie einem Leben voll Not und Sorge gewachsen sein würde. Sie hatte ihm ihr Jawort unter ganz anderen Verhältnissen gegeben — jetzt war ihr das gegebene Wort vielleicht eine drückende Fessel, jetzt würde sie vielleicht lieber die Bewerbung des reichen Mannes annehmen, den ihr der Vater ausgesucht hatte. Jedenfalls mußte er ihr freie Wahl lassen, ohne sie zu beeinflussen. Ohne Rücksicht auf sich selbst. Es würde ihn namenlos schmerzen, wenn sie sich von ihm lossagte, aber tausendfach mehr würde es ihm wehe tun, wenn er fühlen mußte, daß er ihr eine Fessel sei und daß sie an seiner Seite entbehren würde, was bisher zu ihrem Leben gehört hatte.

Ich muß es tun, und ich werde es tun. Wenn ich von Onkel Karl einen abschlägigen Bescheid erhalte, dann darf ich sie nicht halten, dachte er und schritt düsteren Sinnes weiter.

An der nächsten Straßenecke stieß er mit einem jungen Herrn zusammen, der etwa im gleichen Alter war wie er selbst. Es war Rolf Walberg.

Seine grauen Augen hatten ernst und grüblerisch vor sich hingesehen. Nun er Richard erblickte, leuchteten sie auf. Die beiden begrüßten sich herzlich, denn sie waren befreundet seit der Schulzeit.

»Du bist es, Richard!«

»Ich freue mich, dich zu sehen, Rolf. Wie geht es dir?«

Um Rolf Walbergs Lippen zuckte es. »Nicht eben gut, wie du dir denken kannst. Wir haben viel Aufregungen und Unruhe gehabt in den letzten Tagen, meine Schwester und ich.«

Richard nickte teilnehmend. »Ich habe leider noch keine Gelegenheit gehabt, dir und deinem Fräulein Schwester persönlich meine Teilnahme auszusprechen.«

Er drückte dem Freund warm die Hand. »Viel ehrliche Teilnahme haben wir nicht gefunden, man rückt sehr deutlich von uns ab, und überall heißt es: Wie man sich bettet, so liegt man. Und schließlich haben die guten Leute recht. Mein Vater ist mit offenen Augen dem Untergang zugesteuert, allen meinen Vorhaltungen zum Trotz.«

Richard sah ihn fragend an. »Du weißt ja wohl, daß ich schon seit Jahren mit meinem Vater entzweit war.«

»Und hast du deine Schwester nicht auf das Unglück vorbereiten können?«

Rolf schüttelte den Kopf. »Ich durfte es nicht. Vater fürchtete, meine Schwester könne sich vor der Öffentlichkeit verraten, wenn sie erführe, wie es mit ihm stand. Das wollte er um jeden Preis vermeiden. Er hatte es verstanden, alle zu täuschen, nur mich nicht. Mein Vater setzte mir energisch den Stuhl vor die Tür. Er wollte keinen ›Aufpasser‹ um sich haben und vertrug keine Kritik. So blieb mir nichts übrig, als zu gehen. Ich bin mit Lust und Liebe Landwirt und sagte mir dabei stets: Hier auf meiner eigenen Scholle finden Vater und Schwester wenigstens einmal eine bescheidene Zuflucht, wenn der Zusammenbruch kommt. Denn Neulinden kann mir niemand nehmen. Aber mein Vater hat seinen Zusammenbruch nicht überleben wollen. Und — weh hat es mir doch getan, daß er so enden mußte. Mein einziger Trost ist nur, daß seine kaufmännische Ehre fleckenlos bleiben wird. Wenn wir alles verkaufen, können alle Schulden gedeckt werden. Es hat mich manchen Tropfen Angstschweiß gekostet, bis ich herausgerechnet hatte, daß alles gedeckt werden kann. Freilich — für meine arme Schwester ist nichts geblieben. Sobald ich hier alles geordnet habe, nehme ich sie mit nach Neulinden. Ich weiß zwar nicht, wie sie sich in die einfachen Verhältnisse auf dem Land finden wird, aber sie hat wenigstens dort vorläufig Ruhe. Und schließlich wird es sie nur ein Wort kosten, um wieder in die alten Verhältnisse zu gelangen. Es ist da ein Freier, der ihr alles zu bieten hat, was sie aufgeben mußte. Und wenn ich auch bisher nicht sehr von dieser in Aussicht stehenden Schwagerschaft entzückt war, und meine Schwester, soviel ich beurteilen kann, auch lieber nein als ja sagen würde: jetzt bleibt ihr schließlich keine andere Wahl, wenn sie nicht auf alles verzichten will, was ihr bisher Lebensbedingung war.«

Richard Wernher mußte alle Kraft aufbieten, um seine Haltung zu bewahren.

Wenn Rolf wüßte, daß er mit Judith heimlich verlobt war! Und Judith selbst? Wartete sie vielleicht schon sehnlichst auf ihre Freiheit?

Richard Wernher richtete sich auf. »Ich bitte dich, mich deiner Schwester zu empfehlen. Darf ich am Sonntag vorsprechen, um ihr mein Beileid auszudrücken und mich von ihr zu verabschieden, ehe sie nach Neulinden geht?«

»Wenn du den Trubel nicht scheust, der jetzt bei uns herrscht, bist du willkommen.«

»Das soll mich nicht schrecken, wenn ich nur hoffen darf, vorgelassen zu werden.«

»Das kann ich dir versprechen. Judith kennt und schätzt dich ja als meinen alten Freund.«

Eine helle Röte stieg plötzlich in Richards Gesicht. Rolf Walberg bemerkte das und stutzte. Sollte Richard Wernher etwa? Aber das wäre eine Torheit gewesen! Wie die Verhältnisse einmal lagen, mußte Judith, wie so viele andere, sich nach einer Versorgung umsehen. Schade! Richard Wernher wäre ein Schwager nach seinem Herzen gewesen.

So dachte Rolf Walberg, als er sich von Richard verabschiedet hatte und weiterging.

Auch Richard Wernher setzte seinen Weg, in Gedanken versunken, fort. Rolfs Worte klangen ihm in den Ohren. Er wußte wohl, wer mit dem reichen Freier gemeint war: der Millionär Dürrkopp, auf den schon ihr Vater gerechnet hatte. Damals hatte Judith sich dagegen aufgelehnt. Aber jetzt? Jetzt bleibt ihr schließlich keine andere Wahl, wenn sie nicht auf alles verzichten will, was ihr bisher Lebensbedingung war.

So hatte Rolf gesagt, und Richard mußte sich dasselbe sagen, wenn sich ihm dabei auch das Herz zusammenkrampfte. Es erschien ihm ausgeschlossen, daß sich Judith in schlichte Verhältnisse würde schicken können. Ein Schwan findet nicht Raum im Sperlingsnest.

Mehr und mehr kam er zu der schmerzlichen Überzeugung, daß er Judith freigeben müsse, wenn er das Geld nicht von Onkel Karl bekam. Bis Sonntag würde er ja von Felizitas Rogga eine Nachricht haben. Würde es eine günstige sein?

Eine leise Hoffnung wollte wieder in seinem Innern aufsteigen. Judith liebte ihn doch! Nur das Geld haben von Onkel Karl, dann konnte noch alles gut werden.

Er ahnte nicht, daß diese Hoffnung sich schon zerschlagen hatte.

Rolf Walberg hatte sein Vaterhaus betreten und suchte sofort seine Schwester auf. Judith stand am Fenster und starrte hinaus, ohne etwas zu sehen. Ihre schlanke Gestalt war in ein langfließendes schwarzes Gewand gehüllt. Ihre schweren Flechten, die im Sonnenlicht einen rötlich metallischen Glanz hatten, schlangen sich in reicher Fülle um den feinen Kopf, der sich jetzt senkte, als sei ihm die Last zu schwer. Über dem edel geschnittenen Gesicht lag ein Zug müder Trauer, und um ihre Lippen zuckte es wie verhaltenes Weinen.

Judith wandte sich langsam nach ihrem Bruder um und hob die Augen zu ihm empor. Es war ein Paar überraschend schöner Augen von leuchtendem Grau.

Rolf Walberg trat auf seine Schwester zu und legte wie schützend den Arm um sie. »Wie geht es dir, Judith? Bist du etwas ruhiger geworden?«

Sie neigte das Haupt und zwang ein mattes Lächeln in ihr Gesicht. »Ja, Rolf, ich habe die Notwendigkeit eingesehen, mich mit meinem Schicksal abzufinden. Und die Notwendigkeit ist eine strenge, aber gute Lehrmeisterin. Du brauchst nicht zu fürchten, daß ich mich nochmals haltlos an den Schmerz verlieren werde, dem ich mich in diesen Tagen hingab.«

»Das freut mich für dich, Judith. Du wirst dich also nicht länger dagegen sträuben, Anfang nächster Woche mit mir nach Neulinden zu gehen?«

In Judiths Wangen stieg eine leise Röte. Sie sah unschlüssig aus. Dem Bruder konnte und wollte sie nicht sagen, daß sie noch etwas hier festhielt, daß sie mit heißer

Sehnsucht im Herzen von Tag zu Tag auf Richard Wernher gewartet hatte und noch wartete. Eine heimlich brennende Unruhe erfüllte sie, denn sie wußte, daß sich nun ihr ganzes äußeres Leben ändern mußte, daß alles jetzt anders lag als zuvor.

Sie wußte aber auch, daß Richard Wernher vermögenslos war und daß er zur Verwertung seiner Erfindung Geld haben mußte. Würde er den Mut haben, allen widrigen Verhältnissen zum Trotz an dem Verlöbnis mit ihr festzuhalten? Und sie selbst? Würde sie stark genug sein, der Not und Sorge an seiner Seite standzuhalten?

Würde aber auch er es tun, oder würde er sich nun von ihr lösen? Das war die bange Frage, die sie die letzten Tage hindurch verfolgt hatte. Wie würde er sich entscheiden? Und warum kam er nicht, um ihr darüber Gewißheit zu bringen?

Daß sie selbst nur die Hand auszustrecken brauchte, um den Millionär Dürrkopp an sich zu fesseln, wußte Judith auch. Aber ihr ganzes stolzes Sein lehnte sich dagegen auf, um äußerer Vorteile willen dem ungeliebten Mann die Hand zu reichen, und sie meinte, allen Sorgen des Lebens mutig begegnen zu können, wenn Richard Wernher sich schützend neben sie stellen würde.

So war ihre Unruhe und Sehnsucht von Tag zu Tag gewachsen, die Sehnsucht nach einem mannhaften, befreienden Wort Richards. Warum kam er nicht, um ihr zu sagen: »Was auch kommen mag, wir zwei gehören zusammen in Freud und Leid, in Not und Tod. Ich lasse nicht von dir!«

Noch immer wartete ihr Bruder auf eine Antwort. Endlich ermannte sich Judith. »Ich weiß nicht, ob wir hier nächste Woche schon mit allem fertig sein werden, Rolf«, sagte sie unsicher.

»Ich denke doch, Judith. Übrigens, wenn du willst, kannst du auch jetzt schon nach Neulinden gehen. Ich werde hier mit Frau von Kleist allein alles regeln«, meinte er gütig.

Sie schüttelte den Kopf. »Nein, nein, ich bleibe hier, bis alles geordnet ist.«

»Nun, wie du willst. Übrigens traf ich eben Doktor Wernher. Er will am Sonntag kommen, um sich zu verabschieden.«

Judith zuckte leise zusammen und wurde bleich. »Um sich zu verabschieden?« fragte sie tonlos.

Rolf sah sie betroffen an, dann erfaßte ihn eine heiße Sorge. Sollte zwischen Judith und Richard Wernher eine Neigung aufgekeimt sein, von der er nichts wußte?

»Nun, ja«, sagte er, sich zur Ruhe zwingend und Judith aufmerksam beobachtend, »ich sagte ihm, daß du mit mir nach Neulinden gehen wirst. Da wollte er sich von uns verabschieden und dir zugleich sein Beileid aussprechen.«

Nun kam ein leises Rot in ihre Wangen. Ihre Augen leuchteten auf. Gottlob, Richard kam, sie würde ihn sehen und sprechen können! Nun er gehört hatte, daß sie nach Neulinden ging, hielt es ihn nicht länger von ihr fern.

»Also Sonntag wird er kommen?« sagte sie leise.

»Ja, Judith.«

»Sonntag nachmittag will auch Frau von Kleist uns verlassen, Rolf«, sagte Judith, nun schnell auf ein anderes Thema kommend.

Rolf wandte sich der alten Dame zu. »Haben Sie Nachricht von Ihrer Frau Tochter, Frau von Kleist?«

»Ja, Herr Walberg. Sie schrieb mir, daß sie mich Sonntag abend erwartet. Ich habe ja eine schöne, sorglose Zeit hier im Hause Ihres Vaters verleben dürfen, dafür bleibe ich ihm stets zu Dank verpflichtet. Was auch über ihn hereingebrochen ist, er war ein vornehmer Charakter.«

Judith umarmte die alte Dame. »Ich danke Ihnen für diese Worte, sie tun mir wohl, gerade jetzt, wo alle Welt glaubt, meinen Vater schmähen zu dürfen. Er war nicht schlecht.«

»Nein, Fräulein Judith. Und wenn er gefehlt hat, so hat er es schwer genug gesühnt.«

»Es wird mir schwer werden, mich von Ihnen zu trennen, Frau von Kleist, aber ich werde es lernen müssen, mich in Zukunft ohne Ehrendame zu behelfen, sonst würde ich Sie nicht von mir lassen. Sie wissen ja, daß mein Bruder selbst zu kämpfen hat, und ich will hoffen, daß ich es lerne, ihm eine Hilfe, statt eine Last zu sein.«

»Das ist tapfer gesprochen, Fräulein Judith. Und Sie werden es sicher lernen.«

»Eine Last wirst du mir niemals sein, Judith«, warf Rolf Walberg ein. »Du weißt, dazu habe ich dich viel zu lieb. Aber daß du so mutig deiner Übersiedlung nach Neulinden entgegensiehst, freut mich. Ich hoffe sehr, daß du dich in den bescheidenen Verhältnissen dort wenigstens so lange wohl fühlst, bis du Neulinden eines Tages an der Seite eines Gatten verlassen wirst.«

Wieder flog ein helles Rot über ihr Gesicht. Sie wandte sich ab und sagte leise: »Das wird noch gute Wege haben, Rolf. So bald wirst du mich nicht loswerden.«

Er zog sie an sich. »Um so besser für mich, mein Liebling! Ich freue mich aufrichtig, daß du zu mir hinauskommst, denn es ist doch recht einsam dort draußen in der Heide. Und das Neulinder Gutshaus braucht eine Frauenhand.«

Judith sah versonnen vor sich hin. Wie lange würde Richard Wernher sie im Neulindener Gutshaus lassen? Würde er sie eines Tages von dort fortholen?

Sie sah nicht den forschenden Blick ihres Bruders.

III

Felizitas Rogga hatte sich am nächsten Tag schweren Herzens entschlossen, einen Brief an Richard Wernher zu schreiben. Er erhielt den Brief am Samstagmorgen, ehe er sich nach den Werken begab. Er lautete:

Sehr geehrter Herr Doktor!

Wie ich Ihnen versprach, habe ich noch gestern versucht, Ihre Sache bei Onkel Karl zu führen. Aber leider ist mir dieser Versuch völlig mißglückt. Onkel Karl hat es rundweg abgeschlagen, Ihnen die gewünschte Summe vorzustrecken. Daß es mich tief geschmerzt hat, dürfen Sie mir glauben. Wie gern hätte ich Ihnen geholfen! Vorläufig kann ich leider nichts, gar nichts für Sie tun. Vielleicht gelingt es mir später.

Hochachtungsvoll
Felizitas Rogga

Die letzten Worte hatte Felizitas gegen ihre Überzeugung geschrieben, aber es tat ihr zu weh, ihm jede Hoffnung zu nehmen.

Aber Richard Wernher wußte, daß es töricht gewesen wäre, sich noch an eine solche Hoffnung zu klammern. Und in seiner Seele stand der Entschluß fest, Judith freizugeben und ihr die Entscheidung zu überlassen. Ganz unbeeinflußt mußte sie wählen, zwischen ihm und dem reichen Freier, der nur darauf wartete, ihr ein Leben voll Glanz zu bieten, wie sie es bisher gewohnt war.

Am Sonntag um die Besuchsstunde machte er sich auf den Weg. Für alle Fälle hatte er das, was er Judith sagen wollte, in einem Brief niedergeschrieben. Es konnte ja sein, daß er sie nicht allein sprechen würde.

Heute standen keine Möbelwagen mehr vor dem Walbergschen Haus. Die Räume waren leer bis auf die Zimmer Judiths und Frau von Kleists. Auch der Vorplatz, den Richard durchschritt, war schon ausgeräumt.

Kein Diener war mehr da, der ihn melden konnte. Gespenstig leer und kalt sah alles aus.

Eine Weile stand er unschlüssig. Da kam zum Glück ein Hausmädchen die Treppe herab. Er bat sie, ihn den Herrschaften zu melden.

Das Mädchen sagte ihm, Herr Walberg sei augenblicklich nicht anwesend, und Frau von Kleist packe ihre Sachen, weil sie am Nachmittag abreise. Ob sie ihn dem gnädigen Fräulein melden solle?

Er bat darum.

Kurz darauf kam das Mädchen zurück. »Das gnädige Fräulein läßt bitten!«

Wenige Minuten später stand er Judith gegenüber, tief ergriffen von ihrem Anblick.

Sie stand in ihrem schwarzen Kleid blaß und ernst vor ihm und sah ihm mit mühsam erzwungener Ruhe entgegen. Seine Seligkeit hätte er darum gegeben, wenn er sie jetzt hätte in seine Arme, an sein Herz nehmen können. Aber er bezwang sich und neigte sich nur zum Kuß über die schmale Hand, die sie ihm bot, und sagte hastig:

»Liebe Judith, ich bitte dich, nimm diesen Brief an dich, für den Fall, daß wir nicht allein bleiben; all das, was ich dir jetzt nicht sagen kann, wirst du darin finden.«

Bei seinen hastigen Worten ging ein jähes Erschrecken über ihre Züge. Als Richard vorhin auf der Schwelle gestanden, hatte sie das Gefühl gehabt, als müsse er sie in seine Arme schließen und ihr sagen: »Was auch geschehen ist und was auch kommen mag, du bist mein, und ich bin dein!« Sie schauerte wie im Frost zusammen und nahm mit bebender Hand den Brief und barg ihn in ihrem Kleid.

»Was hast du mir zu sagen?« fragte sie tonlos und erschrak selbst vor dem leeren Klang ihrer Stimme.

Da empfand auch Richard ihre Haltung als kalt und abweisend und dachte bei sich: Sie wartet wohl nur auf das Wort, das sie freigibt. Dann sagte er, so beherrscht wie möglich, mit einem seltsam fremden Ton in der Stimme: »Das Unglück, das dich betroffen hat, Judith, hat mich auf das tiefste erschüttert, das wirst du mir glauben, denn es nimmt mir das Recht, dich zu halten. So wie die Verhältnisse liegen, bin ich auf Jahre hinaus außerstande, dir ein angemessenes Los an meiner Seite zu bieten. Ich wage es unter diesen Umständen auch nicht, dich zu bitten, auf mich zu warten. Ich habe dir nichts zu bieten, was dir das Leben lebenswert machen könnte. Deshalb habe ich mich zu dem Entschluß durchgerungen, dich deines mir gegebenen Wortes zu entbinden. Du bist frei, Judith, ganz frei!«

Judith war leise zusammengezuckt; wie ein Dolchstoß ging es durch ihr Herz.

Verschmäht — verlassen, weil du arm bist! Er schüttelt dich ab, weil du ihm eine Last geworden bist, weil du mit leeren Händen zu ihm kommen würdest, so jagten ihre Gedanken durch ihr Hirn. Aber ihr Stolz half ihr, die äußere Ruhe zu bewahren. Und ihren Schmerz niederzwingend, richtete sie sich in ihrer ganzen schlanken Höhe empor. »Ich danke dir. Und es ist wohl besser so, für dich und mich.« Das war alles, was sie sagte.

Einen Augenblick stand er wie gelähmt. Trotz aller Vernunftgründe hatte er doch noch gehofft, daß sie sagen würde: »Nein, Richard, ich nehme mein Wort nicht zurück. Ich bleibe dein, was kommen mag, und werde auf dich warten.«

Was wirklich in ihrem Innern vorgegangen war, ahnte er ja nicht.

Er zwang sich gewaltsam zur Ruhe und sagte nun auch: »Du hast recht, es ist wohl besser so — muß besser sein. Gott schenke dir ein reiches, volles Glück!«

Es stieg ihr heiß in die Augen. »Ein reiches, volles Glück!« Das klang in diesem Augenblick wie Hohn. Sie wußte, daß sie ein solches Glück nur an seiner Seite hätte finden können. »Ich wünsche Ihnen das gleiche, Herr Doktor«, sagte sie kalt, daß sie selber beim Klang ihrer Stimme erschrak.

In diesem Augenblick trat Frau von Kleist ein und begrüßte Dr. Wernher in ihrer ruhigen Freundlichkeit, wie sie stets die Gäste dieses Hauses begrüßt hatte.

Man wechselte noch einige höfliche Redensarten, bis sich Richard erhob, um sich zu verabschieden. Er verneigte sich vor Frau von Kleist und vor Judith. Um nicht aufzufallen, brachte sie es über sich, ihm die Hand zu reichen. Er preßte sie einen Augenblick an seine Lippen, sein Kuß brannte wie Feuer auf ihrer Hand.

Sie vermied es, aufzublicken, und so sah sie nicht seinen Abschiedsblick, der ihr seine ganze qualvolle Verzweiflung hätte verraten müssen.

Als die Türe hinter ihm ins Schloß gefallen war, wandte sich Judith und suchte ihr Schlafzimmer auf. Eine Weile stand sie starr und aufrecht, ein Bild des Schmerzes. Dann brach sie plötzlich zusammen und barg das Gesicht in den Händen. Keine Träne brachte ihr Linderung. Ihr Herz krampfte sich zusammen in bitterer Qual. Sie glaubte sich verschmäht und aufgegeben, um ihrer Armut willen, verlassen von dem Mann, den sie mit aller Kraft ihres ganzen Herzens geliebt hatte.

Sie hätte sich ja keinen Augenblick besonnen, mit ihm zu gehen, wenn er ihr gesagt hätte: »Komm, folge mir in die Armut.«

Sie ließ sich müde in einem Sessel am Fenster nieder und blickte mit toten, leeren Augen vor sich hin. Und da fühlte ihre Hand den Brief, den Richard ihr gegeben hatte.

Langsam zog sie ihn hervor. Mit einem harten, bitteren Lächeln öffnete sie ihn. Sie wollte es schwarz auf weiß sehen, daß er sich von ihr lossagte nur um ihrer Armut willen. Mit starren Augen sah sie auf die Worte nieder und las:

Meine geliebte Judith!

Mit tiefem Schmerz habe ich von dem Unglück gehört, das Dich betroffen hat. Gern wäre ich sogleich zu Dir geeilt, aber ich hatte ja kein anerkanntes Recht dazu.

Könnte ich Dir doch an meiner Seite ein sonniges, sorgenloses Dasein bereiten. Aber ich bin dazu außerstande. Ein letzter Versuch, mir das Geld zur Verwertung meiner Erfindung zu schaffen, schlug fehl.

Nun weiß ich, daß ich Dich nicht halten kann und darf, denn dich zu bitten, mit mir das Los der Armut zu teilen, wäre gewissenlos. Jedenfalls sollst Du noch einmal unter den veränderten Verhältnissen selbst entscheiden, ob Du trotz allem auf mich warten willst, bis ich Dir ein leidlich sorgenfreies Los bieten kann, oder ob Du unsere Verlobung lösen willst. Falls ich Dich nicht ungestört sprechen kann, will ich Dir diesen Brief geben. Laß mich Deine Entscheidung wissen. Ich küsse Deine lieben Hände — laß mich nicht lange auf Nachricht warten.

Dein Richard

Judith preßte den Brief in der Hand zusammen wie im Krampf. Wie es ihm eilte, von mir zu hören, daß ich ihn freigebe, daß ich ihn nicht halte! Er schiebt mir die Entscheidung zu, aber daß ich ihn nach diesen Worten nicht halten würde, mußte er wissen. Das alles ist nichts als eine erbärmliche Komödie, dachte sie bitter.

Ihr gekränkter Stolz wollte nicht daran glauben, daß er ihr nur die Freiheit bot aus Rücksicht auf sich selbst. Sie atmete tief auf. Freudlos und öde lag nun ihr Lebensweg vor ihr. Sie, die bisher nur in Licht und Sonne gelebt hatte, würde nun immer im Schatten sein müssen. Am liebsten hätte auch sie ein Ende gemacht wie ihr Vater! Aber dann richtete sie sich plötzlich entschlossen auf. Nein, sie wollte sich nicht zu Boden werfen lassen! Sie wollte mutig den Kampf mit dem Leben aufnehmen, wollte zeigen, daß sie nicht nur in Glanz und Wohlleben ihren Platz im Leben ausfüllen konnte. Beschämen wollte sie Richard Wernher durch die Größe, mit der sie ihr Schicksal trug. Wenn er feige vor dem Lebenskampf an ihrer Seite zurückbebte, so wollte sie ihm zeigen, daß sie für sich allein kämpfen würde. Langsam zerriß sie Richard Wernhers Brief in kleine Stücke. Ihre Antwort hatte er ja erhalten. Er wußte, daß er frei war, daß sie ihn nicht hielt.

Und dann ging sie hocherhobenen Hauptes ihren Geschäften nach und suchte in anstrengender Arbeit Vergessen. Aber als sie am Abend müde auf ihr Lager sank, wollte der starre Stolz nicht mehr standhalten. Da fragte sie sich unter tausend Schmerzen: Hat er dich je wahrhaft geliebt und tut es ihm wenigstens weh, daß er dich aufgegeben hat?

Schmeichelnd kamen die Erinnerungen, sie hörte den warmen Klang seiner Stimme, fühlte den warmen Druck seiner Hand, wenn er die ihre umschlossen hielt.

Und das alles sollte nun aus einem schwachen, kleinlichen Gefühl entsprungen sein, das sich feige vor der Not des Lebens verkrochen hatte?

Nein, kalt hatte er ihr im Herzen nicht gegenübergestanden, lieb war sie ihm gewesen. Aber um so schlimmer, daß er sie trotzdem aufgegeben hatte! Und so zwang sie ihr armes Herz zur Härte gegen ihn, zwang sich, ihn zu verurteilen.

In zerrissener Stimmung war Richard Wernher nach Hause zurückgekehrt und mochte in solcher Verfassung seinen Eltern nicht begegnen. So schloß er sich in seinem Zimmer ein, ließ sich mit starken Kopfschmerzen entschuldigen und vergrub sich ganz in seinem Schmerz. Immer wieder durchlebte er die Szene mit Judith, und immer mehr verstärkte sich in ihm die Überzeugung, daß die Geliebte nur auf den Augenblick gewartet hatte, daß er ihr die Freiheit zurückgab. Er versuchte, sie vor sich selbst zu entschuldigen, aber je mehr er dies tat, desto tiefer bohrte sich ihm der Stachel des Schmerzes in die Seele.

Erst gegen Abend, als es in den Straßen zu dämmern begann, raffte er sich auf und begab sich ins Freie. Aber die finsteren Gedanken hefteten sich an seine Fersen, er vermochte sie nicht von sich abzuschütteln; planlos irrte er hinaus bis in die Vorstadt und kehrte erst nach Stunden müde und zerschlagen zurück, um sich sofort zur Ruhe zu begeben, ohne seine Eltern noch einmal gesprochen zu haben.

Während Frau Emilie die müßigen Stunden des Nachmittags damit ausgefüllt hatte, in einer der Bodenkammern einen alten Schreibtisch, der verkauft werden sollte, auszuräumen, war sie zufällig auf ein Geheimfach gestoßen, wie es in diesen alten Möbeln aus früherer Zeit gern angebracht wurde, und das ihrem Mann und ihr bisher entgangen war. In diesem Geheimfach hatte sie zu ihrer größten Überraschung die verschollen geglaubte Brautkassette der ehemaligen Goldschmiedstochter gefunden. Sie glaubte ihren Augen nicht trauen zu dürfen, als sie die silbergetriebene Truhe, von der ihr Mann so oft erzählt hatte, nun wirklich in den Händen hielt. Der Schlüssel steckte darin, und in fieberhafter Hast öffnete sie die Kassette, aber sie war leer bis auf ein verwelktes Blumensträußchen, das irgendein Enkel als ein treues Andenken an eine längst Verstorbene dahin verwahrt haben mochte.

Nicht minder groß war das Erstaunen ihres Gatten, als Frau Emilie mit der blinkenden Kassette in ihrem Händen zu ihm getreten war und ihm die Geschichte ihres Fundes erzählte. Den Familienschatz freilich barg sie nicht mehr, immerhin repräsentierte das schöne Stück einen hohen Altertums- und Silberwert.

Wohlgefällig betrachtete Georg Wernher das feingetriebene Rankenwerk des Deckels, durch das sich ebenso wie bei der im Besitz Karl Wernhers befindlichen Kassette ein Spruchband zog mit der gleichen Inschrift:

»In Treuen verwahr
An tausend Jahr,
Was anitzt umschließet
Dein erzen Gewand.«

Ja, sie glich der anderen Kassette wie ein Ei dem anderen, nur in einer geringfügigen Kleinigkeit unterschied sie sich doch von ihr, die Buchstaben der Inschrift auf dem Deckel waren unversehrt, das T in dem Wort Treuen und das a in dem Wort Gewand waren genau so scharf ausgeprägt wie die übrigen Buchstaben. Frau Emilie freilich konnte von diesem kleinen Unterschied nichts wissen, da sie die Karl Wernher gehörige Kassette nie so genau betrachtet hatte. Sie machte sich sofort daran, ihren Fund sorgfältig zu putzen, daß er bald in altem Glanz blinkte. Dann kamen die Gatten dahin überein, die Kassette, mit Zigarren gefüllt, ihrem Sohn zum Weihnachtsgeschenk zu machen. Bis zum Fest wollte Frau Emilie sie verwahren und ihr Geheimnis hüten, um Richard mit dem alten Familienerbstück unter dem Weihnachtsbaum zu überraschen.

So erfuhr Richard Wernher nichts von dem Fund und hätte in seiner schmerzzerrissenen Stimmung wohl auch nur wenig Interesse für die alte Brautschatzkassette gehabt, denn Judith nahm vorläufig alle seine Gedanken in Anspruch.

IV

Es war an einem der nächsten Tage, als Felizitas Rogga bei einem Gang in die Stadt Judith Walberg und ihrem Bruder begegnete. Ein helles Rot stieg in ihre Wangen, als Rolf Walbergs Augen mit einem aufleuchtenden Blick zu ihr hinübersahen. Im nächsten Moment hatte er sich freilich schon wieder in der Gewalt und zog mit höflichem Gruß den Hut. Aber der rasch aufleuchtende Blick hatte Felizitas doch das Herz schneller schlagen lassen, und als auch Judith grüßte und Felizitas das blasse, traurige Antlitz ihrer Freundin sah, bezwang sie ihre Befangenheit und trat zu Judith heran.

Sie streckte dem schönen, stolzen Mädchen, das sie immer so sehr bewundert hatte, die Hand mit einem lieben Lächeln entgegen. »Darf ich mich nach Ihrem Befinden erkundigen, Fräulein Walberg? Ich habe Ihnen meine Teilnahme an Ihrem schweren Verlust leider nicht persönlich ausdrücken können. Als ich bei Ihnen war, um es zu tun, waren Sie nicht zu Hause«, sagte Felizitas zu den Geschwistern.

»Wir fanden Ihre Karte, gnädiges Fräulein, und danken Ihnen herzlich«, erwiderte Rolf höflich. »Meine Schwester hat sich entschlossen, mit mir nach Neulinden zu gehen.«

Felizitas blickte in sein gebräuntes, energisches Gesicht. »Da werden Sie sich bald wieder erholen, Fräulein Walberg. Da draußen in der Heide wird einem das Herz leicht und frei; ich weiß das aus eigener Erfahrung. Wie Sie wissen, bin ich zuweilen draußen auf meinem kleinen Heidehof.«

Judith nickte. »Ich hörte es von meinem Bruder. Er sagte mir, daß Sie jetzt längere Zeit nicht im Heidehof waren.«

»Onkel Karl ist leider in den letzten Monaten durch sein Leiden fast immer an das Zimmer gefesselt gewesen. Wir werden auch diesen Sommer kaum draußen wohnen, was mir sehr leid tut.«

»Wie schade!« erwiderte Judith. Und dasselbe Bedauern las Felizitas aus Rolfs Augen. Er hatte sich heute nicht so wie sonst in der Gewalt, und das verwirrte Felizitas. Sie reichte Judith die Hand zum Abschied. »Leben Sie wohl! Es würde mich freuen, Fräulein Walberg, wenn Sie mich noch einmal besuchten, meinen Onkel sicher ebenso. Läßt es sich vielleicht noch einrichten?«

Judith fühlte, daß ihr Bruder ihr leise den Arm drückte. »Gewiß, Fräulein Rogga«, sagte sie rasch. »Ich möchte mich gern von Ihrem Herrn Onkel verabschieden. Vielleicht paßt es Ihnen morgen.«

»Wenn Sie gestatten, gnädiges Fräulein, begleite ich meine Schwester, um Ihrem Herrn Onkel noch einmal die Hand zu drücken«, fügte Rolf hinzu.

Felizitas neigte errötend das Haupt. »Es wird uns sehr freuen, Sie beide zu sehen, dann also morgen auf Wiedersehen!«

Felizitas eilte mit klopfendem Herzen davon.

Er sah ihr eine Weile mit leuchtenden Augen nach und sein entzückter Blick verfolgte die schlanke Gestalt, bis sie verschwunden war.

Judith legte mit einem leisen, wehmütigen Lächeln die Hand auf seinen Arm. »Du scheinst dich ja stark für Fräulein Rogga zu interessieren, Rolf?«

Er lachte ein wenig verlegen. »Nun, wir sind doch sozusagen Gutsnachbarn. Ich bedaure nur, daß ich so selten Gelegenheit habe, sie zu sehen, und noch mehr, daß Fräulein Rogga eine reiche Erbin ist, für mich also ein unerreichbarer Stern.«

Judith sah ihren Bruder sinnend an, aber sie sagte nicht, was sie dachte, und schweigend setzten die beiden ihren Weg fort.

Felizitas war in tiefen Gedanken weitergegangen. Zum erstenmal war es ihr zum Bewußtsein gekommen, daß sie Rolf Walberg nicht gleichgültig war, und so erfüllte sie die Aussicht auf seinen morgigen Besuch mit einem stillen Glücksgefühl. Sie wußte, daß auch Onkel Karl ihn hochschätzte. Es hatte dem alten Herrn imponiert, daß Rolf Walberg dem Glanz seines väterlichen Hauses den Rücken gekehrt und auf eigener Scholle in tüchtiger Arbeit sein Glück versucht hatte. Er hatte sich auch gelegentlich eines Besuchs in Neulinden gründlich umgesehen und sich davon überzeugt, daß Rolf ein tüchtiger Landwirt war, der alles tat, um den Ertrag seines Gutes zu heben. Der junge Walberg hatte ihm damals erklärt: »Mein Vater gab mir in seinem Geschäftsbetrieb nicht genügend Arbeit. Ich bin aber nicht dazu geschaffen, mich auf die Bärenhaut zu legen, und will wissen, wofür ich auf der Welt bin.«

Das hatte Karl Wernher gefallen, und auch Felizitas hatte sich darüber gefreut. Er ist ein ganzer Mann, hatte sie sich dann oft gesagt, und es tat ihr nur leid, daß sie jetzt so selten nach dem Heidehof hinauskam.

Als Felizitas ihre Einkäufe besorgt hatte, kehrte sie auf einem Umweg nach Hause zurück, denn die Begegnung mit den Geschwistern Walberg hatte sie innerlich stark erregt. Nicht nur ihr eigenes Schicksal, mehr noch das ihrer Freundin gab ihr zu denken. Immer wieder fragte sie sich, wie sie Richard Wernher helfen könnte. Daß der Würfel bereits gefallen war, ahnte sie nicht, und es beschäftigte sie nur der eine Gedanke, einen Ausweg zu finden, der ihm die Verwertung seiner Erfindung ermöglichte und damit auch Judiths Zukunft sicherstellte.

Ihrem Onkel fiel der ernste und versonnene Zug an ihr auf, als ihm Felizitas bald darauf gegenübersaß. Sie war stiller als sonst und schien ganz mit ihren eigenen Gedanken beschäftigt.

Prüfend sah er zu ihr hinüber, dann sagte er endlich: »Was ist dir, Fee? Warum läßt du den Kopf so hängen, wie eine Blume ohne Licht und Sonne?«

»Ach, Onkel, du weißt doch, was mich drückt«, sagte sie leise.

»Was dich drückt? Etwa gar noch die Geschichte mit Richard Wernher?«

Sie nickte. »Ja, ich komme nicht los davon. Vorhin bin ich Judith Walberg begegnet. Sie sah so traurig aus. Und da mußte ich denken, wie eng ihr Schicksal mit dem Richard Wernhers verknüpft ist.«

Auch Karl Wernher machte ein sehr unbehagliches Gesicht. »Daß du gar nicht von dieser Sache loskommen kannst! Was geht mich schließlich Judith Walberg an?«

»Du hattest sie doch immer gern, Onkel, ebenso wie ihren Bruder.«

»Gewiß, aber ich kann es doch nicht ändern, daß ihr Vater Bankrott gemacht hat.«

»Nein, gewiß nicht. Aber müßtest du dir nicht sagen, lieber Onkel, daß ein Mann, den ein Mädchen wie Judith Walberg liebt, solcher Liebe nicht unwert sein kann?«

»Nun, es gibt genug Beispiele dafür, daß Frauen ihre Liebe an recht unwürdige Männer weggeworfen haben. Die Liebe fragt eben nicht lange nach dem Wert oder Unwert eines Menschen.«

Felizitas atmete schwer. »Richard Wernher ist aber ganz sicher kein unwürdiger Mann. Und es tut mir leid, daß du ihn für die Sünden seiner Eltern büßen läßt.«

»Gut, viele Kinder müssen für die Sünden ihrer Väter büßen, und niemand fragt danach«, erwiderte er ungeduldig.

»Aber denke doch nur an die Zeit zurück, als dir Richard lieb und wert wie ein Sohn war. Hast du damals nicht selbst oft gesagt, daß er ein tüchtiger Mensch sei?«

Der alte Herr rückte unruhig in seinem Sessel hin und her. »Du setzt mir aber heute schlimm zu, Fee. Ordentlich zornig siehst du mich an«, meinte er unbehaglich.

Sie faßte seine Hand und legte ihre Wange darauf. »Nicht zornig, Onkel Karl, nur betrübt. Es tut mir weh, dich ungerecht zu finden!«

Er strich sich über die Stirn, als sei es ihm zu heiß. »Richard Wernher war damals noch ein unfertiger

Mensch. Kann ich wissen, wie er sich unter dem Einfluß seiner Eltern weiterentwickelt hat? Wie verhaßt mir seine Eltern sind, weißt du. Du weißt auch, daß ich alle Ursache habe zu diesem Haß. Und daß er auch auf meine Gefühle für Richard abfärbt, ist wohl natürlich«, schloß er schroff.

»Ich kann das verstehen, Onkel Karl, und ich verlange ja auch nicht, daß du alles vergessen sollst. Aber gar zu hart hättest du gegen Richard Wernher nicht zu sein brauchen. Wenn du ihm die dreißigtausend Mark geliehen hättest, wäre ihm schon geholfen gewesen. Und er ist doch immerhin ein Wernher.«

Unsicher sah er sie an. »Gewiß, Fee, vielleicht hätte ich es tun können — schon um Judith Walbergs willen. Aber ich habe es nun einmal nicht getan und habe mir mein Wort gegeben, nichts für ihn zu tun. Das muß ich halten.«

Es zuckte wie ein heller Schein über Fees Gesicht. »Sag mir wenigstens, daß es dir leid tut«, bat sie.

Er strich lächelnd über ihr Haar. »Nun ja, leihen hätte ich ihm das Geld schließlich können«, gab er nach einem Weilchen zu.

Felizitas drückte seine Hand an ihre Wange. Einen Augenblick blieb es still. Dann sagte sie: »Mir ist eben ein Einfall gekommen, Onkel Karl!«

»Was für ein Einfall?«

Sie sprang auf und legte ihren Arm um seine Schultern. »Lieber Onkel, sag einmal, du hast doch damals nach dem Tod meiner Eltern den Viehbestand des Heidehofes verkaufen lassen, nicht wahr?«

Verwundert sah er zu ihr auf. »Ja, das habe ich getan. Wie kommst du darauf?«

»Ich wollte dich nur fragen, wieviel du damals aus diesem Verkauf gelöst hast?«

»Es war eine Summe von ungefähr fünfundzwanzigtausend Mark.«

»Und dies Geld hast du in sicheren Staatspapieren für mich angelegt?«

»Gewiß, Fee. Das kleine Kapital ist inzwischen mit Zins und Zinseszins natürlich angewachsen.«

Sie umarmte ihn stürmisch. »Dies Geld gehört also mir. Ich kann darüber verfügen, wie ich will?«

Er richtete sich langsam auf und sah sie durchdringend an. »Nun, so einfach ist die Sache nicht. Da du noch nicht mündig bist, brauchst du die Einwilligung deines Vormunds.«

»Das bist du doch selbst.«

»Jawohl, das bin ich selbst.«

Mit blitzenden Augen sah sie ihn an. »Aber du gibst mir natürlich die Erlaubnis, das Geld abzuheben und darüber zu verfügen?«

»Das werde ich so ohne weiteres nicht tun. Bedenke, es ist außer dem Heidehof dein ganzes elterliches Erbe. Ehe du es abheben willst, muß ich doch wissen, wozu du das Geld brauchst«, sagte er, mit Mühe seine innere Bewegung verbergend.

Sie atmete tief auf. »Ach nein, fragen darfst du nicht danach! Du mußt mir ganz freie Hand lassen, mit dem Gelde anzufangen, was ich will.«

Es leuchtete seltsam in seinen Augen auf. »Dann wäre ich doch ein sehr gewissenloser Vormund.«

Ihre Lippen zuckten. »Onkel Karl, erlaube es mir doch, ohne zu fragen«, bat sie.

Er zog sie zu sich herab und sah ihr tief in die Augen. »Fee, liebe kleine Fee, ich kann es mir ja denken, wozu du das Geld haben willst.«

Bittend sah sie ihn an. »Lieber Onkel, gib mir doch deine Einwilligung!«

Ein Lächeln flog über seinen Mund. »Also du möchtest gern — nun, sagen wir — dreißigtausend Mark zur freien Verfügung haben?« Sie nickte lebhaft.

»Ja, das möchte ich.«

»Aber dein eigenes kleines Vermögen darf ich dir als gewissenhafter Vormund nicht zu irgendwelchen waghalsigen Unternehmungen ausliefern. Das bleibt in sicheren Papieren auf der Bank liegen. Ich will nicht, daß du es abhebst.«

Tränen traten in ihre Augen. Karl Wernher nahm ihre Hand und streichelte sie.

»Also Tränen, Fee? Damit willst du deinen alten Onkel umstimmen! Nun, weinen sollst du nicht. Wenn du unbedingt dreißigtausend Mark brauchst — vielleicht willst du dir ein kostbares Schmuckstück oder dergleichen dafür kaufen —, dann will ich dir das Geld dazu leihen. Hörst du, Fee, dir leihe ich das Geld, und du kannst damit machen, was du willst.«

Sie sprang auf und umarmte den Onkel jubelnd. »Onkel Karl, lieber Onkel Karl!«

»Also nun lachst du ja wieder. Gib mir einmal mein Scheckbuch herüber und meinen Schreibblock. Ich leihe dir das Geld, und du stellst mir einen Schuldschein aus, damit es auch seine Richtigkeit hat und niemand daran zweifeln kann, daß ich dir das Geld leihe.«

Sie nickte mit glänzenden Augen, holte Papier und Feder und schrieb nach seinem Diktat: Ich bescheinige hiermit, daß ich heute von Herrn Karl Wernher die Summe von dreißigtausend Mark leihweise erhalten habe. Die Summe wird mir zinslos auf fünf Jahre überlassen und ist nach fünf Jahren an Herrn Karl Wernher oder seine Erben zurückzuzahlen.

Am 11. Mai 1913 Felizitas Rogga

»So — hast du alles geschrieben?«

Fee nickte strahlend. Sie wußte sehr wohl, daß sich der Onkel mit diesem Schuldschein einen Scherz mit ihr machte, und daß er dadurch nur betonen wollte, daß er das Geld nur ihr allein gab. Er mußte ja wissen, wozu sie das Geld haben wollte.

Mit kritischer Miene las er den Schuldschein durch und gab ihr dann den Scheck über dreißigtausend Mark. »So, Fee, unser Geschäft ist abgeschlossen. Nun gib mir doch einmal die silberne Kassette aus meinem Geldschrank herüber.«

»Die Brautschatzkassette?« fragte sie.

Er nickte. »Ja, Fee.«

Er gab ihr den Geldschrankschlüssel, sie öffnete den Schrank, entnahm ihm die Kassette und stellte diese vor Onkel Karl auf den Tisch.

Er suchte nach einem seltsam verschnörkelten, goldenen Schlüsselchen an seinem Schlüsselbund, damit öffnete er die silberne Kassette.

Langsam schlug er den Deckel zurück. Nichts als ein versiegeltes Schreiben lag darin. Darauf stand in seiner klaren, deutlichen Schrift: Mein letzter Wille.«

Felizitas las es über seine Schultern, und es war ihr plötzlich zumute, als wehe sie etwas kalt und eisig aus dieser Kassette an.

Mit einem humoristischen Lächeln zu ihr aufschauend, faltete Karl Wernher den Schuldschein zusammen, legte ihn auf das Testament in die Kassette und verschloß diese wieder und meinte: »In fünf Jahren werde ich also die Schuld pünktlich einfordern, falls ich noch am Leben bin.«

Sie umarmte ihn herzlich. »Du sollst immer bei mir bleiben, Onkel Karl.«

Er streichelte ihre Wange. »Mein Herzenskind, es ist der

Lauf der Welt, daß die Alten vor den Jungen sterben. Wenn es an mir läge, würde ich gern noch eine Weile bei dir bleiben. Du hast mir das Leben wieder licht und warm gemacht. Aber ich fühle doch, daß meine Kräfte abnehmen. Und das mußt du mir versprechen: wenn das Ende kommt, dann mußt du tapfer sein, hörst du?«

Sie küßte seine Hand. »Und da wir doch einmal bei diesem Thema sind, will ich dir noch etwas über meinen letzten Willen sagen. Also mein Testament soll drei Tage nach meinem Tod, gleich nach der Beerdigung, hier im Hause eröffnet und verlesen werden. Mein Notar hat dieselbe Weisung von mir bekommen, er wird das Testament verlesen. Zu dieser Testamentseröffnung sollst du die Familie Wernher laden. Ich bin ja überzeugt, sie würden sich auch gegen meinen und deinen Willen dazu drängen. Aber sie sollen förmlich gleich nach meinem Tod dazu eingeladen werden. Mein Testament ist so abgefaßt, daß sie es nicht anfechten können. Ich will im großen Saal aufgebahrt werden, daneben in dem großen Gobelinzimmer soll die Testamentseröffnung vollzogen werden.«

Fee war blaß und ernst geworden. In ihren Augen blinkten Tränen.

»Ich will dir ja alles versprechen, Onkel Karl. Aber nun sprich nicht mehr vom Sterben!«

Sie umschlang ihn, als müsse sie ihn halten.

Er hob ihren Kopf und sah sie liebevoll an. »Kopf hoch, meine liebe Fee. Ich sterbe nicht einen Tag früher, als es das Schicksal bestimmt, auch wenn wir das alles besprechen. Nun weißt du über alles Bescheid.«

Sie küßte ihn liebevoll und schloß die Kassette wieder in den Geldschrank. Und als sie darauf niedersah und die beiden verwischten Buchstaben auf dem Spruchband erblickte, da mußte sie an die vielen Hände denken, die im

Laufe der Jahrhunderte auf dem Deckel dieser Kassette geruht und nach und nach die Buchstaben verwischt hatten.

Sie küßte Onkel Karl noch einmal und verließ dann das Zimmer, da er ruhen wollte.

Er sah ihr wehmütig lächelnd nach. Mochte sie Richard Wernher das Geld geben, mochte er damit sein Schicksal zu meistern versuchen!

Seine Gedanken flogen zu Fee. Im Geiste sah er sie mit glühenden Wangen und strahlenden Augen an ihrem Schreibtisch sitzen, glücklich im Gedanken, Glück spenden zu dürfen. Das erfüllte ihn selbst mit einem Widerschein des Glücks.

Felizitas schrieb an Richard Wernher:

Sehr geehrter Herr Doktor!

Sehr glücklich bin ich, Ihnen mitteilen zu können, daß ich nun doch noch einen Weg gefunden habe, Ihnen die Summe zu verschaffen. Wie es geschehen ist, das will ich Ihnen mündlich mitteilen. Bitte, besuchen Sie mich morgen nachmittag. Ich weiß, daß Sie bis fünf Uhr im Werk sind, deshalb werde ich Sie erst um sechs Uhr erwarten. Der Scheck über die fragliche Summe liegt für Sie bereit, worüber ich sehr glücklich bin. Ich freue mich, Ihnen helfen zu können, und begrüße Sie als Ihre ergebene

Felizitas Rogga

Diesen Brief ließ sie sogleich zur Post besorgen.

V

Am nächsten Tage fand sich Rolf Walberg mit seiner Schwester um die Besuchsstunde im Wernherschen Hause ein. Das Geschwisterpaar wurde von Felizitas und dem alten Herrn aufs herzlichste begrüßt, und bald saßen die vier lebhaft plaudernd im Zimmer des Hausherrn.

Karl Wernher ließ sich von den Zukunftsplänen Rolfs erzählen. »Hoffentlich gewöhnen Sie sich recht rasch in die neuen Verhältnisse ein; das wünsche ich Ihnen von Herzen, mein gnädiges Fräulein«, wandte er sich dann an Judith, die neben Felizitas saß.

»Ja, ich hoffe, mich bald einzuleben, Herr Wernher; nicht nur weil ich muß, sondern auch, weil ich will«, antwortete Judith.

»Das gefällt mir von Ihnen! Wollen, weil man muß, das ist eine große Lebensweisheit, die über vieles hinweghilft. Es hat mir sehr leid getan, daß Sie so Schweres haben durchmachen müssen, aber Sie sind noch jung, und die Elastizität der Jugend überwindet schneller und leichter auch schwere Schicksalsschläge. Und zudem haben Sie ja Ihren Herrn Bruder, der Ihnen treu zur Seite stehen wird, bis einmal ein anderer kommt, um Sie ihm zu entführen.«

Ein leises Lächeln spielte bei diesen Worten um die Lippen des alten Herrn, denn er dachte an Richard Wernher, dem jetzt geholfen war.

Aber Judiths Mienen blieben ernst und sie sagte nur: »Ich hoffe, immer bei meinem Bruder bleiben zu können, wenn er mich nur brauchen kann.«

»Nun, es kommt meist anders, als man denkt, mein gnädiges Fräulein! Aber jedenfalls wünsche ich Ihnen alles Gute auf Ihrem Weg, und wenn es mir wieder besser geht, werde ich mir mit Felizitas erlauben, einmal bei Ihnen draußen vorzusprechen, um mich persönlich von Ihrem Ergehen zu überzeugen, wenn Ihr Herr Bruder nichts dagegen hat.«

In Rolfs Züge trat ein frohes Leuchten. »Es wird uns das größte Vergnügen sein, Sie mit Fräulein Rogga bei uns begrüßen zu dürfen. Judith wird sich anfangs sicher bei mir sehr einsam fühlen, da sie ja einzig auf meine Gesellschaft angewiesen ist.«

In diesem Augenblick wandte sich Felizitas impulsiv zu Judith und reichte ihr die Hand mit großer Herzlichkeit. »Wir wollen Freundinnen sein, Fräulein Judith!« sagte sie warm.

»Freunde in der Not zählen doppelt, viel mehr aber noch solche, die uns die Not erst zuführt«, sagte Judith ernst und drückte Felizitas dankbar die Hand. »Ich habe bis heute so wenig echte Freundschaft gefunden.«

»Nun, für Felizitas kann ich einstehen«, meinte Karl Wernher, freundlich lächelnd, und streichelte seine Pflegetochter zärtlich über den Scheitel. »Und nun bitte ich die Herrschaften, doch zum Frühstück bleiben zu wollen, denn der neue Freundschaftsbund muß entschieden mit einem Glas Wein begossen werden!«

Sein Vorschlag stieß bei niemandem auf Widerspruch, und besonders Rolf strahlte vor Freude. Was er immer im stillen gehofft hatte, war nun Wirklichkeit geworden, die beiden Mädchen hatten sich in Freundschaft gefunden, und ein häufigerer Verkehr war damit angebahnt.

Es war noch eine fröhliche halbe Stunde, die man am Frühstückstisch verbrachte. Hell klangen die Gläser auf die neue Freundschaft zusammen, und selbst Judith vergaß, wenigstens für den Augenblick, ihr Leid. Als sie den Bruder zum Aufbruch mahnte, sah sie, wie schwer es ihm wurde, ihrem Wink zu folgen. Sie ahnte, daß in dieser

Stunde zwischen ihm und Felizitas sich leise die Fäden zu dem Band ansponnen, das sie einmal unlösbar verknüpfen sollte.

Mit herzlichem Lebewohl und dem Wunsch auf ein baldiges Wiedersehen trennte man sich. Schweigend, jedes mit seinem Gedanken beschäftigt, kehrte das Geschwisterpaar zum letzten Mal in das verödete Vaterhaus zurück, um für immer von der Stätte der Jugend Abschied zu nehmen. Unten vor dem Eingang hielt schon der einfache Neulindener Wagen, der die beiden ihrer neuen Heimat zuführen sollte. Mit starken Armen hob Rolf die Schwester hinein. Sie warf noch einen letzten Blick auf das Haus, und ihre Augen umflorten sich. Da faßte Rolf mit warmem Druck die Hand der Schwester. »Wollen, was man muß, Judith, das macht frei, wie Karl Wernher sagte«, flüsterte er ihr zu.

Sie richtete sich hoch auf und gab den Druck seiner Hand zurück. »Ein gutes Wort, Rolf. Ich will es mir zur Richtschnur nehmen. Es war nur der Augenblick des Scheidens. Nun will nicht mehr rückwärts sehen, nur vorwärts.«

So fuhren sie Judiths neuer Heimat zu. —

Richard Wernher saß am nächsten Morgen mit seinen Eltern beim Frühstück, als mit der Post das Schreiben von Felizitas Rogga eintraf. Das kleine Dienstmädchen hatte es dem Briefträger abgenommen und reichte es Frau Emilie. Sie faßte den Brief mit spitzen Fingern und sah mißtrauisch darauf nieder, denn sie erinnerte sich ganz deutlich, daß Richard schon vor einigen Tagen genau solch einen Brief bekommen hatte. Die Adresse war entschieden von einer Damenhand geschrieben.

»Ein Brief für dich, Richard«, sagte sie und reichte dem Sohn den Brief.

Ohne ihn zu öffnen, steckte er ihn in die Tasche.

Vater und Mutter warfen sich rasch einen Blick zu. Sie waren nicht gewohnt, daß der Sohn Geheimnisse vor ihnen hatte.

»Von wem ist denn der Brief, Richard?« fragte die Mutter.

Richard wich ihren Blicken aus und sah auf seine Tasse herab. »Ich weiß es nicht, Mutter.«

»Willst du ihn nicht öffnen?«

»Ich habe leider keine Zeit und muß aufbrechen. Bitte, entschuldigt mich!«

Damit erhob er sich schnell, verabschiedete sich von seinen Eltern und ging. Sie sahen ihm betroffen nach.

»Was soll denn das heißen?« brummte der Vater ärgerlich.

Frau Emilie strich sich über die Stirn. »Das will ich dir sagen, Georg.«

»Nun?«

»Es handelt sich wohl um irgendeine Liebesgeschichte. Der Brief war ganz sicher von einer Dame. Vor einigen Tagen hat Richard schon einmal einen Brief von der gleichen Hand erhalten. Seitdem ist er so verstimmt.«

Der Vater frühstückte gemächlich weiter. »Nun, wenn es weiter nichts ist als eine Liebelei, dann brauchen wir uns keine Sorge zu machen.«

Frau Emilie zog die Stirn in Falten. »Das sagst du, Georg! Wenn er sich nun an ein armes Mädel verliert?«

»Das wird er nicht tun. So töricht ist Richard nicht. Er weiß ganz genau, daß er eine arme Frau nicht heiraten kann.«

Frau Emilie zuckte die Achseln. »Verliebte sind unberechenbar und gehen ihren eigenen Weg.«

»Ach, sorge dich nur nicht, Mutter, dazu ist Richard

viel zu vernünftig. Daß er ein hübscher, ansehnlicher Mensch ist und mit seinem Doktortitel und seinen Kenntnissen auf eine gute Partie Anspruch hat, weiß er so gut wie wir, und er ist viel zu strebsam, um das außer acht zu lassen.«

»Hoffentlich hast du recht, Georg. Aber ich wüßte ums Leben gern, von wem der Brief war.«

»So frage ihn doch einfach danach.«

Frau Emilie nickte energisch. »Das werde ich auch ganz sicher tun, man muß die Augen offenhalten«, sagte sie.

Richard hatte rasch das Haus verlassen, aber es eilte ihm nicht, zu erfahren, was Felizitas Rogga ihm zu schreiben hatte. Für ihn schien jetzt nichts mehr von Interesse, als daß er Judith verloren hatte. Das erfüllte sein ganzes Denken mit unsagbar schmerzlicher Pein.

Erst als er an seinem Arbeitstisch saß, zog er den Brief Felizitas Roggas hervor und las ihn durch.

In seine Augen trat ein Leuchten. Gottlob, jetzt bekam er wenigstens Geld, jetzt konnte er seine Erfindung ausnutzen. Ein weites Feld der Betätigung lag vor ihm, in anstrengender Arbeit wollte er nun Vergessen suchen.

Und war es nicht dennoch möglich, sich Judith zu erringen? Wenn seiner Arbeit Erfolg beschieden war, wenn seine Hoffnungen sich erfüllten, dann konnte er in einigen Jahren so weit sein, daß er Judith ein sorgenloses Dasein an seiner Seite bieten konnte.

Ihm war, als müsse er sogleich zu ihr eilen und ihr sagen: Warte auf mich, jetzt werde ich das Schicksal meistern. Nur wenige Jahre warte auf mich. — So wollte er zu ihr sprechen. Aber seine Erregung ebbte bald wieder ab. Er wurde wieder besonnen und kritisch. Wie nun, wenn ihm nicht der ersehnte Erfolg beschieden war? Oder wenn Judith nicht an seinen Erfolg glaubte?

Mit einem harten, entschlossenen Zug um die Lippen schüttelte er den Kopf. Nein, erst mußte er erreicht haben, was er sich vorgenommen. War sie dann noch frei, würde er vielleicht nochmals vor sie hintreten mit der Frage, ob sie die Seine werden wolle. War sie aber nicht mehr frei, verschenkte sie jetzt ihre Hand oder ihr Herz an einen Mann, der ihr ein glänzendes Los bieten konnte, dann schätzte sie eben Glanz und Wohlleben höher als ein treues Herz, als eine ehrliche Liebe, und dann war es besser, er verzichtete auf sie. Alle Halbheiten waren seinem Wesen fremd, für ihn hieß es in diesem Falle: »Alles oder nichts!«

So schaltete er den Gedanken an Judith vorläufig ganz aus seinen Zukunftsplänen aus. Hart und entschlossen wurden seine Züge, und seine Augen sahen vor sich hin wie die eines Mannes, der den Kampf vor sich sieht und der seine Kräfte messen und stählen will. —

Mit dem Glockenschlag fünf verließ Richard seine Arbeitsstätte, was sonst nicht seine Art war. Schneller als sonst fuhr er nach Hause, wechselte eilig seinen Anzug und machte sorgfältig Toilette. Seine Mutter sah ihn erstaunt an, als er, zum Ausgehen fertig, aus seinem Zimmer trat.

»Willst du denn schon wieder fort, Richard?« fragte sie.

»Ja, Mutter, ich habe einen notwendigen Weg! Verzeih, aber ich kann mich jetzt nicht aufhalten, ich habe Eile.«

Damit ging er auf die Vorsaaltür zu.

»Willst du denn nicht wenigstens etwas zu dir nehmen?«

»Nein, ich danke. Nachher, wenn ich wiederkomme.«

»Wirst du lange ausbleiben?«

»Nein, in einer Stunde bin ich wieder da.«

Damit zog Richard die Türe hinter sich ins Schloß.

Frau Emilie eilte zu ihrem Gatten, der am Fenster saß, und sah ihrem Sohn nach. »Ich wette, er hat ein Stelldichein mit der Dame, die ihm geschrieben hat«, sagte sie ganz außer sich.

Georg Wernher lachte. »Laß ihn doch laufen. Jugend hat keine Tugend.«

Aber Frau Emilie war in zitternder Unruhe. Bisher hatte sie noch nie bemerkt, daß ihr Sohn galanten Abenteuern nachging. Er war stets ein solider, fleißiger Mensch gewesen. Sie hatte jetzt ein Gefühl, als müsse das mit einem Mal aus sein. Von allerlei Gefahren sah sie ihn bedroht, und zugleich erwachte eine unbestimmte, aber brennende Eifersucht auf die Unbekannte in ihrem Herzen. Sie ging hinüber in sein Zimmer und durchsuchte die Kleider, die er eben abgelegt hatte, in der Hoffnung, den Brief zu finden. Aber vergebens. Richard hatte ihn in seine Brieftasche gesteckt und trug ihn bei sich.

Da stand sie lange und sah vor sich hin. Sie hatte das Gefühl, als drohe ihr in ihrem Sohne irgendein Unheil.

Als Richard Wernher sich im Hause seines Onkels bei Fräulein Rogga melden ließ, schien der Diener ihn schon erwartet zu haben. Er führte ihn in das nämliche Zimmer, in dem ihn Felizitas das erstemal empfangen hatte. Im nächsten Augenblick trat sie auch schon ein.

Richard verneigte sich vor ihr und sah ihr fragend in die Augen.

Sie reichte ihm mit einem frohen, strahlenden Blick die Hand. »Ich bin sehr froh, Herr Doktor, daß ich Ihnen heute ein günstiges Ergebnis meiner Bemühungen melden kann. Bitte, nehmen Sie Platz!«

Sie ließen sich nieder, und Felizitas fuhr fort: »Ich hatte schon alle Hoffnung aufgegeben, Herr Doktor; schließlich ist es mir gestern aber doch gelungen, Onkel zu bewegen, mir das Geld zu geben. Ich habe dabei eine kleine List gebrauchen müssen, die Onkel Karl wohl durchschaut hat, obwohl er kein Wort darüber verlor. Aus alledem habe ich indessen doch die Hoffnung geschöpft, daß es mir mit der Zeit gelingen wird, Onkel mit Ihnen auszusöhnen — allerdings nur mit Ihnen allein, Herr Doktor —, denn eine Versöhnung zwischen Onkel und Ihren Eltern ist ausgeschlossen.«

»Sind Sie so fest davon überzeugt?« fragte Richard mit einem beklemmenden Gefühl.

Sie nickte sehr ernst. »Ja, Herr Doktor. Und an eine verlorene Sache soll man keine Kräfte verschwenden. Eine Versöhnung zwischen Ihnen und Onkel halte ich jedoch nach meiner gestrigen Unterredung mit ihm nicht für unmöglich. Vorläufig ist es erst einmal erreicht, daß ich das Geld für Sie habe. Hier ist ein Scheck über dreißigtausend Mark, und ich freue mich, Ihnen mitteilen zu können, daß Sie diese Summe auf fünf Jahre völlig zinsfrei erhalten. Aber ich mache Sie darauf aufmerksam, daß Onkel Karl mit der Sache gar nichts zu tun haben will. Sie dürfen ihm auch nicht danken. Nur wir beide haben darüber zu verhandeln. Ich hoffe sehr, daß Sie später noch Gelegenheit haben werden, mit Onkel Karl persönlich über alles dieses zu sprechen, aber vorläufig ist es das beste, Sie ignorieren vollständig, daß das Geld von ihm kommt. Hoffentlich bringt es Ihnen Glück, das ist mein herzlicher Wunsch!«

Er zog ihre Hand an seine Lippen. »Mein gnädiges Fräulein, ich danke Ihnen aus tiefstem Herzen für Ihre gütige Hilfe. Ich ahne wohl, daß es Ihnen nicht leicht geworden ist, das Geld von Onkel Karl für mich zu erhalten!«

Sie lächelte mit reizender Schelmerei. »Oh, es war gar nicht so schwer.«

»Jedenfalls haben Sie mich zu Ihrem Schuldner gemacht für alle Zeit.«

»Davon kann keine Rede sein, Herr Doktor! Jetzt handelt es sich nur darum, daß Sie Ihre Pläne durchführen und damit auch das Glück Judith Walbergs begründen!«

Sein Gesicht wurde bleich, und ein herber Zug grub sich um seinen Mund. »Wenn Sie mir nur Fräulein Walbergs wegen geholfen haben, so muß ich Ihnen leider den Scheck zurückgeben, mein gnädiges Fräulein!« sagte er ernst.

»Herr Doktor!« rief Felizitas erschrocken. Sie sah, wie es in ihm arbeitete. Erst nach einer Weile fuhr er fort: »Ja, mein gnädiges Fräulein, Judith Walberg hat mir mein Wort zurückgegeben. Als ich von Ihnen hörte, daß Onkel mir das Geld nicht geben wollte, bin ich schweren Herzens zu ihr gegangen. Ich hielt es für meine Pflicht, sie unter den veränderten Verhältnissen freizugeben. Ich weiß ja, wie verwöhnt sie ist und welch unsicheres Los sie an meiner Seite erwartet hätte. Ganz offen gestehe ich Ihnen ein, daß ich trotz allem hoffte, sie würde die Zurücknahme ihres Jaworts ablehnen oder wenigstens auf mich warten. Es hätte mich namenlos beglückt und mir Mut gemacht, den Kampf ums Dasein aufzunehmen. Aber sie hat sich nicht einen Moment bedacht! Ich hatte den Eindruck, als hätte sie schon sehnlich auf den Augenblick gewartet, der ihr die Freiheit zurückgab.«

Ein tiefer, ehrlicher Schmerz sprach aus seinen Worten.

Schweigend hatte ihm Felizitas zugehört. Als er geendet, sprach sie: »Ich verschaffte Ihnen das Geld nicht Judiths wegen, wenn ich auch dabei mit an sie dachte. Was Sie mir sagen, stimmt nicht zu dem Bild, das ich mir von Judith mache. Ich habe das Gefühl, als müsse sie mit dem ganzen Herzen festhalten, was ihr einmal lieb geworden sei. Wer weiß, warum sie ihre Freiheit aus Ihren Händen zurücknahm. Unedle Gefühle waren es sicher nicht, die sie dazu bestimmten.«

Ein bitteres Lächeln umspielte seinen Mund. »Sie brauchen sie nicht zu verteidigen, das tut mein eigenes Herz zur Genüge. Ich sage mir täglich, daß es für sie das beste war, wenn sie sich von mir lossagte. Sie ist nicht für den Lebenskampf erzogen, und ich selbst hätte am schwersten darunter gelitten, wenn sie an meiner Seite hätte entbehren müssen! Dazu habe ich sie viel zu lieb. Aber auch die innigste Liebe ist nicht frei von Egoismus, es war ein namenloser Schmerz für mich, sie aufzugeben. Nur in der Arbeit werde ich Vergessen finden!«

Voll Teilnahme sah Felizitas in sein Gesicht. Sie suchte sich in Judiths Seele zu versetzen. Und plötzlich hellten sich ihre Augen auf. »Wissen Sie, was ich denke, Herr Doktor?«

»Nun?«

»Ich denke, Judith hat ihr Jawort nur zurückgenommen, weil sie fürchtet, Ihnen als armes Mädchen eine Last zu sein.«

Er stutzte. Aber dann schüttelte er den Kopf. »O nein, dazu kannte sie mich zu genau!«

»Dann weiß ich nicht, wie ich mir Judiths Verhalten erklären soll. Aber an Ihrer Stelle, Herr Doktor, würde ich jetzt alles daransetzen, mich durchzuringen, und dann erneut mit einer Werbung vor Judith hintreten.«

Ein bitteres Lächeln spielte um seinen Mund. »Inzwischen hat sie wohl längst einen anderen mit ihrer Hand beglückt.«

Felizitas sah ihn fast erschrocken an. »Halten Sie das wirklich für möglich?«

»Warum nicht, es wird ihr nicht an reichen Freiern fehlen, die ihr das bieten können, was das Schicksal ihr nahm!«

Felizitas schüttelte den Kopf. »Nein, dazu ist Judith viel zu stolz, sie verkauft sich nicht!« Sie sagte es fest und bestimmt.

»Niemand weiß besser als ich, ein wie stolzer, wertvoller Mensch sie ist. Aber sie ist nicht zum Kampf erzogen, sie ist verwöhnt, und Not geht über Stolz. Hätte ich geahnt, daß ich das Geld so bald erhalten würde, dann freilich —«

»Aber noch ist es nicht zu spät. Wollen Sie nicht noch einmal mit Judith sprechen, alles aufklären?« fiel ihm Felizitas eifrig ins Wort.

Ein harter, stolzer Ausdruck flog über sein Gesicht. »Nein. Nun es geschehen ist und sie sich entschieden hat, ist für mich das letzte Wort gesprochen. Betteln will ich nicht, wo ich mich einst reich wie ein König wähnte.«

Felizitas atmete tief auf. »Das alles ist mir überaus schmerzlich, Herr Doktor. Aber ich wünsche von ganzem Herzen, daß sich noch alles zum Besten wendet zwischen Ihnen und Fräulein Walberg!«

Er neigte dankend das Haupt. »Ich bin Ihnen so tief verpflichtet, mein gnädiges Fräulein, und Sie beschämen mich mit Ihrer Güte. Sie vergelten nicht Gleiches mit Gleichem. Denn ich selbst —«

Sie ließ ihn nicht weitersprechen. »Damals kannten Sie mich noch nicht. Und es soll nach wie vor mein Bemühen bleiben, Onkel zu bitten, Ihnen gerecht zu werden. Sie dürfen ihm nicht zürnen und ihn für ungerecht halten. Glauben Sie mir, es ist ihm von Ihren Eltern viel Leid zugefügt worden. Er glaubte im Recht zu sein, wenn er Sie enterbte.«

Richard sah sie forschend an. »Wissen Sie vielleicht, was der eigentliche Grund des Zerwürfnisses zwischen Onkel Karl und meinen Eltern war?«

Groß und ernst blickten ihre Augen zu ihm auf. »Ja, ich weiß es.«

»Wollen Sie es mir nicht sagen, was damals geschehen ist?«

Sie schüttelte den Kopf. »Nein, das kann und will ich nicht tun.«

»Sie scheinen überzeugt zu sein, daß alle Schuld bei meinen Eltern liegt?«

Sie zögerte. Dann sagte sie leise: »Fragen Sie mich nicht weiter, ich möchte Ihnen nicht weh tun.«

Er strich sich über die Stirn. »Wenn ich in dieser Angelegenheit nur klarsehen könnte! Meinen Sie nicht, daß sich Onkel Karl bewegen ließe, mir wenigstens eine Unterredung zu gewähren?«

»Vielleicht später. Eine kleine Bresche habe ich ja in seinen Groll geschlagen. Ich weiß, Sie sind ihm einmal lieb gewesen wie ein Sohn. Sie dürfen nur nicht ungeduldig werden. Jedenfalls habe ich schon erreicht, daß Onkel einsieht, daß es unrecht ist, Sie für das verantwortlich zu machen, was Ihre Eltern getan haben. Seien Sie überzeugt, daß Ihre Sache bei mir in den besten Händen liegt.«

»Das weiß ich, mein gnädiges Fräulein. Und nochmals innigen Dank für all Ihre Bemühungen. Ich werde es Ihnen nie vergessen.«

Freundlich sah sie ihn an. »Ich hoffe, von Ihnen zu hören, Herr Doktor. Und ich brauche Sie nicht zu versichern, daß ich herzlichen Anteil am Gelingen Ihrer Pläne nehme.«

Seine sonst so kühl und scharf blickenden Augen hatten einen warmen Ausdruck. »Wenn Sie mir gestatten, werde ich Sie brieflich von dem, was ich erreiche, in Kenntnis setzen.«

»Das soll mich herzlich freuen. Auch ich werde Ihnen schreiben, wenn ich Ihnen etwas von Wichtigkeit zu sagen habe.«

»Ich bitte darum.«

Sie reichten sich mit festem Druck zum Abschied die Hände.

VI

Frau Emilie hatte ihres Sohnes Rückkehr kaum erwarten können und unterzog Richard während der Abendessenszeit einem förmlichen Verhör. Aber zu ihrem stillen Ärger blieb er einsilbig und gab nur ein paar ausweichende Antworten, so daß sie es endlich aufgab, weiter in ihn zu dringen.

Um so überraschter waren beide Eltern, als Richard sich plötzlich an seinen Vater wandte und ganz unvermittelt fragte: »Wie ist es eigentlich zu dem Bruch zwischen euch und Onkel Karl gekommen?«

Einen Augenblick herrschte Totenstille in dem Zimmer, und Richard sah, wie Vater und Mutter einen raschen Blick wechselten.

»Wie kommst du denn gerade jetzt darauf, Richard?« fragte sein Vater ausweichend. »Übrigens ist dir doch der Grund dieses alten Familienzwistes hinlänglich bekannt.«

Richard schüttelte den Kopf und sah seinen Eltern forschend ins Gesicht. »Nein, das ist nicht der Fall! Ihr habt mir immer nur sehr unbestimmte Andeutungen darüber gemacht, und ich möchte gern einmal in dieser Angelegenheit klarsehen.«

»Du weißt doch ganz genau, daß niemand anders als die verstorbene Frau Rogga an allem die Schuld trägt«, fiel jetzt seine Mutter ein, die sich wieder gefaßt hatte. »Diese Person hat es fertiggebracht, deinen Vater bei Onkel Karl in der unglaublichsten Weise zu verleumden und so die bedauerliche Entfremdung zwischen uns herbeizuführen.«

»Könnt ihr mir das nicht einmal ausführlich erzählen?« beharrte Richard. »Die Einzelheiten habe ich nie erfahren.«

Sein Vater machte eine ablehnende Handbewegung. »Laß doch diese alten Geschichten ruhen, Richard! Wozu über Dinge reden, die nun einmal nicht zu ändern sind? Am besten läßt man das alles begraben und vergessen sein! Jedenfalls hatte es die Frau verstanden, Karl Wernher vollständig zu umgarnen.«

»Aber wie kam sie dazu?« fragte Richard weiter.

»Nun, sie hatte jedenfalls gehofft, Onkel Karl würde sie heiraten. Er hatte wohl eine flüchtige Neigung zu ihr gefaßt, aber dann ging er auf Reisen, und als er nichts mehr von sich hören ließ, heiratete sie einen anderen. Es soll aber eine sehr unglückliche Ehe gewesen sein, und die Frau soll schließlich ihren Mann in den Tod getrieben haben. Als dann nach Jahren Onkel Karl wieder zurückkam, hat sie es verstanden, sich ihm wieder zu nähern und sein Mitleid zu erregen. Welche Mittel sie angewandt hat und in welcher Weise sie uns verleumdet haben muß, dafür spricht am besten die Tatsache, daß Karl Wernher jeden Verkehr mit uns abbrach und nach dem Tod von Maria Rogga ihre Tochter an Kindes Statt annahm, diese Erbschleicherin —«

Georg Wernher konnte den Satz nicht vollenden. Sein Sohn hatte sich plötzlich erhoben und schob den Teller zurück. Eine heiße Glutwelle überflutete seine Stirn, und seine Stimme hatte einen fast drohenden Klang, als er jetzt sagte: »Ihr seid im Irrtum! Felizitas Rogga ist alles andere als eine Erbschleicherin! Ich bitte euch dringend, in meiner Gegenwart jede derartige Anspielung zu unterlassen, denn ich schätze die junge Dame sehr hoch.«

Die Eltern sahen sich einen Augenblick in fassungslosem Staunen an. Frau Emilie war sehr blaß geworden. »Kennst du denn dieses Fräulein Rogga, daß du dich in diesem Ton zu ihrem Verteidiger aufwirfst?« fragte der Vater nach einer Pause.

»Ja, ich kenne sie, und ich bin ihr persönlich zu größtem Dank verpflichtet, darum werde ich es auch nicht mehr dulden, daß in meiner Gegenwart ein herablassendes Wort über sie fällt.«

»Du kennst sie und bist ihr sogar verpflichtet?« fragte nun auch die Mutter noch einmal.

»Ja, Mutter, sie hat mir einen unschätzbaren Dienst erwiesen. Und wenn du gern wissen willst, von welcher Dame die Briefe stammen, die ich kürzlich erhielt — nun, sie waren von Felizitas Rogga.«

Damit verließ Richard das Zimmer, und seine Eltern blieben allein. Ein quälender Verdacht war in ihm aufgestiegen, daß er über den wahren Grund des Familienzwistes getäuscht worden sei. Daß er die volle Wahrheit von seinen Eltern nicht erfahren würde, mußte er einsehen, auch wollte er sie nicht zu einer ihnen peinlichen Erklärung veranlassen. So mochte denn die ganze Angelegenheit ruhen, bis es Felizitas gelungen sein würde, ihm eine Unterredung mit seinem Onkel zu ermöglichen, denn momentan hatte er an anderes zu denken. Er besaß ja nun die

Summe, um seine Erfindung zu verwerten und seine Pläne in nächster Zeit praktisch zu verwirklichen. Er war indessen gewillt, den Eltern erst davon Mitteilung zu machen, wenn er seine bisherige Stellung aufgegeben hatte, denn er rechnete mit ihrem Widerspruch und kleinlichen Bedenken. Doch für ihn gab es kein Zurück mehr, er wollte sich seine Zukunft aus eigener Kraft schaffen.

Seine Eltern waren in ratloser Verwirrung zurückgeblieben. Frau Emilie starrte finster brütend vor sich hin, während ihr Mann aufgeregt im Zimmer auf und ab schritt. Endlich blieb er vor seiner Frau stehen und brach das Schweigen.

»Was sagst du nun dazu, Emilie? Richard korrespondiert mit Felizitas Rogga, ohne daß wir es ahnen; fühlt sich ihr verpflichtet und macht uns, seinen Eltern, derartige Vorhaltungen!«

Frau Emilie strich sich mit der Hand über die Stirn. Dann richtete sie sich energisch auf, sah ihrem Mann fest ins Gesicht und sagte: »Am Ende gar eine Liebesgeschichte, die sich da ohne unser Wissen angesponnen hat! Der Ton, in dem er das Mädchen verteidigt, spricht stark für meine Vermutung. Wenn sie nun gar seine Frau würde? Es wäre vielleicht das allerbeste!«

Georg Wernher schüttelte den Kopf. »Unmöglich! Mein Vetter Karl würde niemals seine Einwilligung zu dieser Verbindung geben, und willkommen könnte uns diese Schwiegertochter doch nicht sein.«

»Wenn die beiden sich aber lieben?«

»Echte Frauenlogik«, antwortete ihr Mann spöttisch. »Jedenfalls gefällt mir die ganze Sache nicht!«

Frau Emilie machte ein entschlossenes Gesicht. »Auf alle Fälle muß ich dahinterkommen, und wenn ich Richard selbst fragen sollte«, sagte sie bestimmt.

»Verbrenn dir lieber die Finger nicht und laß die ganze Sache ruhen. Je weniger davon gesprochen wird, desto besser ist es, oder willst du vielleicht, daß Richard jetzt alles erfährt, was damals geschehen ist?« fragte er unsicher.

»Wenn er es erfahren soll, so erfährt Richard es auch auf anderem Wege, daran wird nichts zu ändern sein«, meinte sie achselzuckend.

Georg Wernher machte ein sehr unbehagliches Gesicht. »Das wäre höchst fatal. Denn die ganze Angelegenheit von damals war für uns doch mehr als peinlich.«

Frau Emilie warf ihrem Mann einen kalten Blick zu, dann sagte sie: »Was wir getan haben, taten wir lediglich für unseren Sohn, um ihm sein rechtmäßiges Erbe zu sichern und für seine Zukunft zu sorgen! Das muß auch Richard einsehen. Ich für meine Person bereue nichts und würde heute genauso wie damals handeln. Nur daß mein Plan damals scheiterte, tut mir jetzt noch leid. Für meinen Sohn ist mir nichts zu viel und nichts zu schwer, was es auch sei.«

Es lag etwas Fanatisches in ihren Worten, und ihr Gesicht hatte einen entschlossenen, harten Ausdruck, der an den des Sohnes erinnerte. Seine Energie hatte Richard entschieden von seiner Mutter geerbt.

Georg Wernher ließ sich in seinem Sessel nieder und meinte kleinlaut: »Ich weiß doch nicht, wie Richard über alles denken würde.«

Da fuhr Emilie erregt auf: »Wir taten es für ihn, daß muß ihm genügen. Noch heute werde ich erfahren, was zwischen den beiden vorgeht.«

Damit stand sie auf und ging, ohne auf die Einwendungen ihres Mannes zu hören, hinüber nach Richards Zimmer.

Sie klopfte an, als sie die Tür verschlossen fand. »Mach doch bitte auf, Richard, ich hab dich etwas Dringendes zu fragen«, sagte sie.

Er öffnete die Tür, und sie sah, daß er eben an einem Brief geschrieben hatte, der auf dem Schreibtisch lag.

»Was wünschst du, Mutter? Du siehst, daß ich zu arbeiten habe.«

»Ich will dich auch nicht lange stören, Richard, aber ich muß Gewißheit darüber haben, ob zwischen dir und Felizitas Rogga etwa eine Liebesgeschichte spielt«, sagte sie kurz entschlossen.

Er sah mit forschendem Blick auf seine Mutter hinab. »Und wenn das so wäre, was dann?«

Sie schwieg einen Augenblick, dann flog ein seltsames Lächeln um ihren Mund, und sie fragte: »Dann würde ich mich sehr darüber freuen, Richard, denn es würde dein Glück sein, und du kämst wieder zu deinem rechtmäßigen Erbe.«

Es zuckte über sein Gesicht, aber er beherrschte sich und sagte: »Trotzdem verstehe ich dich nicht, Mutter. Aber ich kann dir versichern, daß deine Annahme irrig ist.«

»Was hat dir dann aber Felizitas Rogga zu schreiben?« fragte sie unbeirrt weiter.

»Das wirst du später erfahren, jetzt kann ich noch nicht darüber sprechen. Aber glaube ja nicht, daß du mit deiner Vermutung die Wahrheit auch nur streifst! Von Liebe ist zwischen uns nicht die Rede.«

»So sage mir doch alles, Richard. Hast du denn kein Vertrauen zu deiner Mutter?«

Er biß die Zähne zusammen. Diese Frage hätte er der Wahrheit gemäß jetzt mit einem Nein beantworten müssen, aber das wollte er nicht, und so sagte er nur: »Gedulde dich bis später, und jetzt überlaß mich, bitte, meiner Arbeit.«

Es blieb ihr nichts anderes übrig, als seinem Wunsch zu folgen. Aber an der Tür blieb sie stehen und sah starr vor sich hin. Sie war voll brennender Unruhe, denn ihre jäh erwachte Hoffnung, Richard könnte durch eine Heirat mit Felizitas das Erbe wiedergewinnen, hatte sie förmlich elektrisiert. Sie ahnte ja nicht, welch einen Einblick in ihren Charakter sie eben dem Sohn gestattet hatte, als sie ihm zeigte, daß ihr eine Verbindung zwischen ihm und der »Erbschleicherin« doch erwünscht sei. —

Monate waren vergangen. Richard Wernher arbeitete mit rastlosem Fleiß vom frühen Morgen bis in die tiefe Nacht hinein, aber er ließ sich die Arbeit nicht verdrießen, denn er sah selbst seine hochgespannten Erwartungen, die er an die Verwertung seiner Erfindung geknüpft hatte, durch den Erfolg noch weit übertroffen. Er verfolgte sein Ziel mit einem geradezu verbissenen Eifer und setzte seine zähe Energie daran, als ob es für ihn nur noch eins gäbe: Arbeit und immer wieder Arbeit.

Inzwischen hatte Felizitas schwere Wochen durchlebt, denn Onkel Karls Zustand hatte sich schon seit dem Tag jener Unterredung, in der er ihr die dreißigtausend Mark zur Verfügung gestellt hatte, wesentlich verschlimmert. Er hatte seitdem das Bett hüten müssen, und seine Kräfte verfielen zusehends. Felizitas, die von den Erfolgen Richard Wernhers unterrichtet war, schrieb ein paar Zeilen an ihn, in denen sie bedauerte, daß der Zustand ihres Onkels es ihr jetzt unmöglich machte, eine Versöhnung anzubahnen, da ihm jede Aufregung nach Aussage des Arztes erspart werden müßte. Sie machte auch aus ihren schweren Besorgnissen für den Onkel kein Hehl, und sie wußte, daß sie sich in ihren Befürchtungen nicht täuschte.

Kaum zwei Wochen nachdem Felizitas diesen Brief an Richard Wernher geschrieben hatte, ging es mit ihrem Pflegevater überraschend schnell zu Ende. Ein Herzschlag setzte seinem Leben ein Ziel. Wie ein Held hatte er in den letzten Wochen seine Leiden getragen und durch seinen Mut auch Felizitas immer wieder aufgerichtet. Sein Beispiel war es auch, an das sich die Verlassene in diesen Tagen schwersten Schmerzes immer wieder klammerte. Ihr ausgeprägtes Pflichtgefühl half ihr, ihren Schmerz zu überwinden und die letzten Wünsche ihres Pflegevaters, die er ihr noch auf seinem Sterbelager anvertraut hatte, auszuführen.

Zuerst setzte sie sich mit dem Notar Onkel Karls in Verbindung, dem sie sämtliche Schlüssel ihres Pflegevaters übergab, die er bis zur Testamentseröffnung in Verwahrung behalten sollte. Diese Testamentseröffnung sollte nach den letzten Anordnungen des Verstorbenen sich unmittelbar an die Beisetzungsfeierlichkeiten anschließen und in dem sogenannten Gobelinzimmer, das an das Sterbezimmer stieß, stattfinden. Unter den Schlüsseln, die Felizitas dem Notar aushändigte, befand sich auch der kleine goldene Schlüssel zu der silbernen Kassette, in der Karl Wernhers Testament verwahrt lag. Nach den letzten Bestimmungen sollte die Kassette erst im Beisein der zur Testamentseröffnung geladenen Trauergäste geöffnet werden. All dies besprach Felizitas mit dem Notar, der im übrigen auch von den letzten Verfügungen Karl Wernhers Kenntnis hatte. Dann teilte sie dem Wernherschen Ehepaar das Ableben ihres Pflegevaters mit, während sie an Richard Wernher noch persönlich folgende Zeilen schrieb:

Lieber Herr Doktor!

Heute morgen kurz nach vier Uhr ist mein geliebter Pflegevater, Ihr Onkel Karl Wernher, unerwartet rasch, aber sanft verschieden. Leider ist es mir nicht mehr möglich gewesen, zwischen ihm und Ihnen eine persönliche Aussprache herbeizuführen, die, wie ich sicher überzeugt bin, zu einer Versöhnung geführt haben würde. Sein schweres Leiden in den letzten Wochen verbot jede Aufregung für ihn. Sie dürfen das tröstliche Bewußtsein haben, daß er seinen Groll gegen Sie in den letzten Tagen seines Lebens völlig begraben hatte, denn noch kurz vor seinem Tod sagte er zu mir: Es tut mir leid, daß ich Richard unter der Schuld seiner Eltern leiden ließ.

Es würde mich sehr freuen, wenn Sie morgen eine Stunde Zeit für mich übrig hätten, da ich noch verschiedenes mit Ihnen zu besprechen habe. Sie treffen mich den ganzen Tag zu Hause.

Ihre Felicitas Rogga

Noch am selbigen Tage entsprach Richard Wernher dieser Bitte und begab sich in das Trauerhaus. Als Felizitas in ihrem schwarzen Trauergewand ihm gegenüberstand, ergriff er voll ehrlicher Teilnahme ihre Hand und führte sie an seine Lippen. Dabei drückte er ihr mit warmen Worten sein herzliches Beileid aus und sagte ihr, wie sehr es ihn schmerzte, sie so zu leiden zu sehen.

»Ja, es tut sehr weh«, sagte sie schlicht, »Onkel Karl war der einzige Mensch auf Erden, der mich liebte und den ich lieben durfte. Aber nicht von meinem Schmerz will ich sprechen, denn ich habe es Onkel Karl versprechen müssen, tapfer zu sein. Freilich gibt es mancherlei, was mir das Herz schwer macht, vor allem aber der Gedanke an die

Eröffnung des Testaments. Ich hatte immer gehofft, Onkel mit der Zeit gegen Ihre Familie milder stimmen und zu einer Änderung des Testaments veranlassen zu können; ich glaube auch, daß ich mein Ziel erreicht haben würde, wenn er länger gelebt hätte. Und nun liegt das unselige Testament in der silbernen Brautschatzkassette, diesem alten Familienerbstück, von dem Sie wohl auch gehört haben werden."

Richard Wernher nickte. »Ich erinnere mich, daß meine Eltern mir früher einmal davon erzählten. Auch in unserer Familie soll ein ähnliches Stück existiert haben, das aber später verschwunden zu sein scheint. In dieser Kassette also hatte Onkel Karl sein Testament verwahrt?«

»Ja, und in seinen letzten Tagen hat er die schriftlichen Bestimmungen noch durch allerlei mündliche Anordnungen ergänzt, die ich Ihnen, so schmerzlich es mir auch ist, mitteilen muß.«

Und nun erzählte sie ihm, wie Onkel Karl bestimmt habe, daß die Eltern Richard Wernhers das Trauerhaus nicht eher als am Beerdigungstag betreten dürften und zum Sterbezimmer keinen Zulaß erhalten sollten.

Richard Wernher war sehr ernst geworden. Dann sagte er: »Sie dürfen sich in dieser Angelegenheit vollkommen auf mich verlassen, mein gnädiges Fräulein. Fürchten Sie nicht, daß Ihnen von seiten meiner Eltern irgendwelche Unannehmlichkeiten bevorstehen, denn ich würde das zu verhüten wissen. Daß Onkel Karl ohne Groll gegen mich gestorben ist, danke ich einzig und allein Ihnen. Gern hätte ich ihn natürlich vor seinem Tod noch einmal gesprochen, um von ihm die volle Wahrheit darüber zu erfahren, was zwischen ihm und meinen Eltern lag; denn von meinen Eltern erhielt ich kürzlich nur ausweichende Antworten. Und ich frage Sie deshalb nochmals: Wollen

Sie mir nicht sagen, weshalb Onkel Karl diesen tiefen Groll gegen meine Eltern hegte?«

Felizitas schüttelte den Kopf. »Lassen Sie dies alles mit Onkel Karl begraben sein, Herr Doktor, und fragen Sie nicht weiter, denn ungeschehen läßt sich ja doch nichts mehr machen, und ich möchte Ihnen nicht weh tun.«

Er senkte den Kopf. »Ich habe das Empfinden, als hätten meine Eltern gegen den Verstorbenen schwer gefehlt«, sagte er dann leise und gedrückt.

»Und wenn es so wäre! Würden Sie glücklicher sein, wenn Sie es wüßten? Sicher nicht. Und darum lassen Sie die ganze Sache begraben und vergessen sein. Ich bat Sie auch nicht deshalb hierher, sondern um Sie zu fragen, ob Sie Onkel Karl noch einmal sehen möchten.«

Er nickte schweigend und folgte ihr ins Sterbezimmer, wo der Tote aufgebahrt lag. Still und friedlich wie ein Schlummernder lag er unter einer Fülle von Blumen, die Majestät des Todes auf dem bleichen Antlitz.

Richard trat zu ihm heran und sah bewegt in das edle, stille Gesicht, dann legte er seine warme Hand auf die kalte Rechte des Toten und sagte, als spräche er zu einem Lebenden, kurz und schlicht: »Was dich auch mit Groll erfüllt haben mag, Onkel Karl, ich bin unschuldig daran, das weißt du jetzt.«

Noch einen langen, letzten Blick warf er auf das verklärte Antlitz des Toten, dann wandte er sich und verließ mit Felizitas das Sterbezimmer.

Sie durchschritten das danebenliegende sogenannte Gobelinzimmer, und Felizitas sagte ihm, daß hier unmittelbar nach der Beerdigung die Testamentseröffnung stattfinden solle, zu der seine Eltern mit ihm geladen würden.

»Sie können völlig darüber beruhigt sein, daß ich Ihnen alles Unangenehme, das Ihnen vielleicht von seiten meiner

Eltern drohen könnte, werde zu ersparen wissen«, sagte er einfach.

Sie blieb auf der Schwelle des Gobelinzimmers stehen und reichte ihm die Hand. »Ich danke Ihnen, Herr Doktor; und dann noch eine Bitte. Ich habe von Ihren Erfolgen gehört und wünsche Ihnen von Herzen Glück dazu. Falls Sie aber zur Erweiterung und zum Ausbau Ihres Betriebes Kapital brauchen sollten, so bitte ich Sie: Wenden Sie sich an mich. Denn ich glaube, auch in Onkel Karls Sinn würde das sein. Da mich Onkel Karl nun einmal, wie er mir sagte, zur Alleinerbin eingesetzt hat, so fühle ich mich verpflichtet, wenigstens das Meine zu tun, um Ihr Lebenswerk zu fördern. Sie müssen mir das erlauben, denn nur so könnte ich dies Erbe, das ich nie begehrt habe, mit einiger Ruhe antreten.«

Er reichte ihr bewegt die Hand und sagte: »Wenn ich weiterer Hilfe bedürfen sollte, mein Wort darauf, dann komme ich zu Ihnen, mein gnädiges Fräulein.«

Dann führte er ihre Hand an seine Lippen und ließ sie allein.

VII

Richards Eltern waren durch die Todesnachricht Karl Wernhers natürlich in die größte Aufregung versetzt worden. Sie schwankten unschlüssig hin und her, ob sie sofort in das Trauerhaus eilen und nach dem Rechten sehen sollten, oder ob es besser war, vorläufig ruhig abzuwarten. Diese Frage legten sie auch ihrem Sohn vor, als er nach Hause zurückkehrte.

»Wir sind doch schließlich Onkel Karls einzige Verwandte. Meinst du nicht auch, Richard, daß wir sogleich hingehen müßten?« fragte seine Mutter.

Richard schüttelte aber energisch den Kopf. »Ich erhielt die Todesnachricht in meinem Geschäftszimmer, und da Fräulein Rogga mich bat, zu ihr zu kommen, habe ich sofort ihren Wunsch erfüllt und komme direkt von ihr. Ich möchte euch dringend bitten, vor der Beerdigung das Trauerhaus unter keinen Umständen aufzusuchen.«

»Aber es kann uns doch niemand verwehren, den Toten noch einmal zu sehen und von ihm Abschied zu nehmen«, fiel ihm sein Vater ins Wort.

»Das eben würde euch nicht gestattet werden, Onkel Karl hat bestimmt, daß ihr unter keinen Umständen Zutritt zu seinem Sterbezimmer erhalten solltet.«

Richard sah, wie sich seine Eltern verfärbten. »Wer weiß, ob diese Anordnung nicht nur auf Fräulein Rogga zurückzuführen ist und was sie damit bezweckt«, sagte Richards Mutter in anzüglichem Ton.

»Dann würde sie mich doch nicht zu sich gebeten und an das Sterbelager Onkel Karls geführt haben«, antwortete Richard ruhig.

»Das hat sie getan? Du hast also Onkel Karl noch einmal gesehen?« fragten beide Eltern wie aus einem Mund.

»Ja, ich habe ihn noch einmal gesehen, und ich habe mich bei Fräulein Rogga dafür verbürgt, daß ihr vor der Beerdigung das Haus nicht betreten werdet. Die Testamentseröffnung soll unmittelbar nach der Beerdigung im Gobelinzimmer stattfinden.«

»Ist denn das Testament beim Gericht hinterlegt?« fragte Frau Emilie mit flackernden Augen.

»Nein, Mutter. Fräulein Rogga sagte mir, daß Onkel es in der alten silbernen Brautschatzkassette verwahrt hätte, die ein Familienerbstück sein soll. Den Schlüssel zu dieser Kassette, die im Gobelinzimmer geöffnet werden soll, hat der Notar in Verwahrung.«

»Den goldenen Schlüssel?« entfuhr es Frau Emilie halb unbewußt.

»Ganz recht. Mir fiel übrigens dabei das ein, was ihr mir von der zweiten Kassette einmal erzählt habt. Ihr sagtet damals, daß sie im Lauf der Jahre verschwunden sei?«

Frau Emilie warf ihrem Gatten einen raschen Blick zu.

»Jawohl, es hat eine zweite ebensolche Kassette in unserer Familie existiert«, fiel Richards Vater ein, »und ich besinne mich auch, sie als Kind noch gesehen zu haben. Was später aus ihr geworden ist, das weiß ich nicht.«

Frau Emilie atmete wie erlöst auf. »In dieser Kassette also verwahrte Onkel Karl sein Testament?« fragte sie noch einmal, starr vor sich hinblickend.

»Jawohl, Mutter. Ich sagte dir ja, daß sie in eurem Beisein unmittelbar nach der Beerdigung in dem Gobelinzimmer von Onkel Karls Notar geöffnet werden soll. Und jetzt entschuldigt ihr mich wohl, ich habe noch zu tun.«

Damit verließ Richard das Zimmer, während sich seine Mutter ohne zu antworten in einen Sessel sinken ließ und wie gebannt vor sich hinstarrte. In ihrem Hirn jagten sich fieberhaft die abenteuerlichsten Gedanken. Im Nebenzimmer, in ihrem Wäscheschrank, lag die zweite silberne Brautschatzkassette verwahrt. War es wirklich nur ein Zufall, der sie vor kurzem das alte Familienerbstück hatte wiederfinden lassen? Wie ein Ei dem anderen sollte die Kassette derjenigen gleichen, die Onkel Karls Testament barg. Blitzartig durchzuckte sie der Gedanke: Wenn man die beiden Kassetten vertauschen könnte! Aber sie wagte den Gedanken gar nicht zu Ende zu denken. Wie ein Fieberfrost schüttelte es sie, und sie fühlte, wie ihr Herz schwer klopfte. Aber so sehr sie sich auch dagegen sträubte, immer wieder kehrten ihre Gedanken zu den beiden Kassetten zurück und bewegten sich wie in einem magischen Zauberring. Gelang der Tausch, dann würde der Notar die leere Kassette öffnen, ohne ein Testament darin zu finden, dann waren sie und ihr Mann die einzigen gesetzlichen Erben und nicht jenes fremde Mädchen, das sie so oft Erbschleicherin genannt hatte. Wer wollte denn beweisen, daß der Verstorbene nicht doch noch sein Testament als ungerecht empfunden und darum vernichtet hatte, weil es ihm zum Bewußtsein gekommen war, daß er seinen Anverwandten das rechtmäßige Erbe nicht zugunsten einer Fremden entziehen durfte?

Frau Emilie kam von diesen Gedanken nicht los und vergrub den Kopf in beide Hände, um ungestört alle Möglichkeiten zu erwägen. Dann sprang sie auf und eilte hinüber in das Schlafzimmer, dessen Tür sie hinter sich verschloß. Sie entnahm ihrem Wäscheschrank die sorglich in ein Tuch gehüllte Silberkassette und strich wie liebkosend über ihren Deckel. Wenn man doch zaubern könnte, dachte sie. Aber dann ging ein kaltes Lächeln über ihre Züge. Die Zeit der Zauberer im Märchen war vorbei — nur wer kühn handelte und wagte, gewann heute etwas.

In dieser Nacht schloß Frau Emilie kein Auge. Sie lag regungslos und starrte mit offenen Augen in das Dunkel, und vor sich sah sie unablässig die beiden silbernen Kassetten nebeneinander stehen, eine aufs Haar der anderen gleichend.

Fieberhaft arbeiteten ihre Gedanken. In dem Gobelinzimmer, hatte ihr Sohn gesagt, sollte die Testamentseröffnung stattfinden, dort sollte von dem Notar die Kassette geöffnet werden, und zwar unmittelbar nach der Rückkehr von der Beerdigung. Es war doch anzunehmen, daß für diese feierliche Handlung schon im voraus Vorbereitungen getroffen wurden. Vielleicht gab es doch eine Möglichkeit, in der Zeit, während die Beerdigungsfeierlichkeit stattfand, den Tausch auszuführen? Voraussetzung war natürlich, daß die silberne Kassette, die das Testament enthielt, schon vor der Feier dem Geldschrank, in dem sie Onkel Karl zu verwahren pflegte, entnommen wurde. Wenn es ihr gelang, sich während der Beerdigung Eintritt in das Haus zu verschaffen, dann konnte sie sich überzeugen, ob die Möglichkeit zu einem Tausch der Kassetten überhaupt gegeben war. Und war dies der Fall, dann war sie entschlossen zu handeln! Sie tat es ja nicht um ihretwillen, sondern einzig ihres Sohnes wegen, um ihm sein rechtmäßiges Erbe zu sichern.

»Ich muß es tun, ich muß, und ich werde es tun!« Dieser Entschluß stand bei ihr fest, als der Morgen dämmerte.

Frau Emilie hatte es verstanden, ihr Fernbleiben von der Beerdigungsfeier bei ihrem Gatten und dem Sohn durchzusetzen. Sie hatte kategorisch erklärt, an der Feier unter keinen Umständen teilnehmen zu wollen, sondern erst zur Testamentseröffnung im Trauerhaus zu erscheinen. Sie begründete diesen Entschluß mit den Anordnungen, die Onkel Karl noch vor seinem Tod getroffen hatte, und schließlich gaben Gatte und Sohn ihren anfänglichen Widerspruch auf und begaben sich ohne Frau Emilie ins Trauerhaus.

Frau Emilie lauschte an der Tür ihres Zimmers, bis das Haustor unten ins Schloß fiel. Da atmete sie wie befreit auf und schickte das Dienstmädchen zu einer Besorgung fort, während sie selbst dem nächsten Kraftwagenstand zueilte.

Zu ihrem Trauerkleid trug sie über dem linken Arm einen schwarzen Schal mit einer Fransengarnitur, der fast bis zur Erde hinabreichte. Unter ihm hatte sie die Kassette verborgen.

Dem Chauffeur gab sie Auftrag, sie in ein großes Kaufhaus zu fahren, das an der Kreuzung der Linden- und Brückenstraße in unmittelbarer Nähe des Trauerhauses lag.

Als das Auto vor dem Portal hielt, stieg Frau Emilie aus, wies den Lenker an zu warten und betrat das Kaufhaus, aber nur, um es durch den zweiten Ausgang nach der Brückenstraße zu verlassen. Raschen Schrittes überquerte sie den Straßendamm, auf dessen anderer Seite das Wernhersche Haus, von einem größeren Garten umgeben, lag. Das Tor zum Garten stand noch weit offen, man hatte es wohl zu schließen vergessen, nachdem der Leichenzug es passiert hatte.

Auf dem breiten, zum Tor des Hauses führenden Kiesweg lagen hier und dort verstreut welke Blüten, die sich aus den Trauerkränzen gelöst hatten.

Starren Blickes sah Frau Emilie auf diese Spuren des Todes und eilte, die Kassette unter dem Schal verborgen, mit raschen Schritten dem Portal des Hauses zu, das ebenfalls noch offenstand. Einen Augenblick blieb sie auf der Schwelle stehen, um die Vorhalle zu überblicken. Das Haus schien völlig ausgestorben, nur in der hintersten Ecke der Vorhalle, wo ein dämmeriges Halbdunkel herrschte, saß schlummernd in einem der hier stehenden Sessel der alte Diener des Hauses. Als Frau Emilie sich ihm näherte, hörte sie, daß seine Atemzüge tief und regelmäßig gingen.

Einen Augenblick noch blieb Frau Emilie lauschend stehen, aber als sich nichts rührte, glitt sie auf den weichen Teppichen durch die Vorhalle und den rechts hinabführenden Gang entlang. Von früher her wußte sie in dem Haus genau Bescheid.

Vorsichtig schaute sie sich um, als sie im nächsten Augenblick vor der Tür des Gobelinzimmers stand und tief aufatmend die Türe leise öffnete.

Das Zimmer war schwarz ausgeschlagen, und eine Reihe von Sesseln waren aufgestellt, die für die Gäste, die bei der Testamentseröffnung anwesend sein sollten, bestimmt waren. Den Sesseln gegenüber vor dem Kamin stand ein schwarzverhangener Tisch, und auf ihm zwischen zwei Kandelabern war die silberne Brautschatzkassette. Verlockend blinkte das alte Erbstück zu Frau Emilie hinüber.

Noch ein Lauschen, ein spähender Blick ringsum, dann löste Frau Emilie den schwarzen Schal von ihrem Arm und nestelte aus ihm die Kassette hervor, die sie mit raschem Griff mit der anderen vertauschte; mit zitternden Händen verbarg sie ihren Raub von neuem unter dem Seidenschal.

Vorsichtshalber verließ Frau Emilie durch eine andere Tür den Saal und stand nun im Sterbezimmer Karl Wernhers, wo kurz vorher der Sarg noch aufgebahrt gewesen war. Aufatmend blieb sie einen Augenblick stehen und preßte die Hand auf das klopfende Herz. Ihr Werk war gelungen!

Selbst wenn sie jetzt noch von irgend jemand gesehen wurde, würde doch niemand ahnen, welchen Schatz sie unter dem schwarzen Seidenschal verbarg. War der Diener inzwischen erwacht, so fand sie wohl eine nichtssagende Ausrede, aber vielleicht schlummerte er auch noch — und dann, um so besser!

Eben wollte sie das Sterbezimmer verlassen, als sie plötzlich ein schreckhafter Gedanke durchzuckte.

Wie, wenn ihr Schlüssel zu der geraubten Kassette nun doch nicht paßte? Oder der Schlüssel des Notars die vertauschte Kassette nicht schloß? Mußte dann der Betrug nicht sofort bemerkt werden?

Hastig griff sie nach ihrem Geldbeutel, in dem sie den goldenen Schlüssel verwahrte, suchte ihn hervor und probierte mit zitternden Händen, die Kassette zu öffnen. Und richtig, der Schlüssel schloß.

Hastig zog sie ihn ab und ließ ihn in die Tasche gleiten, ohne ihn in ihrem Geldbeutel zu verwahren. Dann verhüllte sie wieder die Kassette mit dem schwarzen Seidenschal und schickte sich an, das Zimmer zu verlassen. Ehe sie über die Schwelle trat, fuhr sie noch einmal mit ihrem Taschentuch über die Stirn, ohne in ihrer Aufregung zu bemerken, daß sie mit dem Spitzentuch den kleinen goldenen Schlüssel mit aus der Tasche herausgezogen hatte. Lautlos fiel er auf den schweren Teppich nieder, dicht neben eine welkende Rose, die wohl vom Trauerkatafalk zurückgeblieben war. Dort blieb er, von ihr unbemerkt, liegen.

Als Frau Emilie die Türe wieder geschlossen hatte und sich auf dem langen Gang nichts regte, glitt sie, jedes Geräusch vermeidend, nach der Vorhalle zurück und an dem immer noch fest schlummernden Diener vorüber. So erreichte sie, von niemand bemerkt, den Garten. Während sie dem Gartentor zueilte, sah sie in der Ferne einen Kraftwagen heranrollen, dem mehrere Wagen folgten. Es war also höchste Zeit gewesen, das Trauergefolge schien von der Beerdigungsfeier zurückzukehren.

Frau Emilie wandte das Gesicht nach der anderen Seite, um von den Insassen des Gefährts nicht erkannt zu werden. So sah sie denn auch nicht, wer dem Kraftwagen entstieg.

Es war Felizitas mit der alten Haushälterin, die von der Beerdigung so schnell wie möglich zurückgekehrt war, um für den Empfang der Trauergäste die notwendigen Vorbereitungen zu treffen.

Sie hatte die schwarzgekleidete Dame vom Autofenster aus wahrgenommen, als sie durch den Garten der Pforte zugeschritten war. Ausgestiegen, sah sie der Fremden, die sie nicht kannte, erstaunt nach, und es schien ihr, als ob die Dame einen verhüllten Gegenstand unter einem auffallend langen schwarzen Seidenschal unter dem linken Arm trug. War die Dame vielleicht irgendein verspäteter Trauergast?

Der Diener, der beim Heranrollen des Kraftwagens aus seinem Schlummer erwacht war, vermochte Felizitas keine Auskunft zu geben. Da sie wußte, wie überanstrengt der alte Mann in den letzten Tagen gewesen, wollte sie ihm auch wegen seiner Saumseligkeit keinen Verweis erteilen.

Nachdem sie Hut und Mantel abgelegt hatte, begab sie sich zunächst ins Gobelinzimmer, um sich davon zu überzeugen, ob alles für die Testamentseröffnung nach Onkel Karls Wunsch vorbereitet war. Sie fand alles so, wie sie es angeordnet hatte: auf dem schwarzverhangenen Tisch zwischen den Leuchtern die silberne Brautschatzkassette und gegenüber die Sessel für die Gäste gestellt, die der Testamentseröffnung beiwohnen sollten. Zufällig streifte ihr Blick auch die Rose auf dem Teppich, und sie bückte sich, damit die welke Blüte nicht zertreten würde. Als sie danach griff, stutzte Felizitas, denn neben der Rose blinkte es wie Gold, und als sie näher zusah, erkannte sie den kleinen, zierlichen Schlüssel zu der Brautschatzkassette.

Betroffen hob sie ihn auf. Wie kam dieser Schlüssel hierher? Sie wußte doch ganz genau, daß sie ihn dem Notar mit den übrigen Schlüsseln Onkel Karls gegeben und daß er ihn an seinem Schlüsselring befestigt hatte. War es denn möglich, daß er diesen Schlüssel hier in dem Gobelinzimmer verloren hatte?

Sie schüttelte zweifelnd den Kopf, nestelte den Schlüssel an den Karabiner ihrer schwarzen Uhrkette und schob ihn mit der Uhr in den Gürtel ihres Kleides. —

Schon trafen die ersten Trauergäste ein, unter ihnen der Notar.

Als er Felizitas begrüßt hatte, bat sie ihn einen Augenblick um Gehör. »Entschuldigen Sie eine Frage, Herr Justizrat. Haben Sie vielleicht den Schlüssel zu der Kassette inzwischen vermißt?«

Erstaunt sah sie der Justizrat an und griff nach den Schlüsseln in seiner Tasche.

»Nein, mein gnädiges Fräulein, wie Sie sehen, hier ist der Schlüssel.«

Felizitas griff betroffen nach ihrem Gürtel. Sie wollte eben etwas erwidern, aber ein rätselhaft unbestimmtes Gefühl schloß ihr die Lippen. Auch wurde sie in diesem Augenblick von anderer Seite in Anspruch genommen.

Unter den Trauergästen waren auch Rolf und Judith Walberg erschienen, die jetzt auf Felizitas zutraten. Rolf sah ihr voll herzlicher Teilnahme in das blasse Antlitz, und unter seinem Blick stieg eine leichte Röte in ihre Wangen.

»Ich glaube, es würde eine Wohltat für Sie sein, mein gnädiges Fräulein, wenn Sie der lästigen Pflichten gegen die Trauergäste enthoben wären. Es ist eine Grausamkeit gegen die Leidtragenden, daß sie in solchen Fällen der Form genügen müssen«, sagte er warmherzig.

Sie sah zu ihm auf, ihre Augen waren tränenverschleiert, und um ihre Lippen zuckte es. »Sie beide haben es ja kürzlich selbst an sich erfahren müssen, wie sehr man sich in solchen Stunden beherrschen muß, und doch ist es auch wieder eine Wohltat, daß man durch Zwang von seinem Schmerz abgelenkt wird.«

»Du hast recht, Fee; wie in vielen Fällen, ist auch hier der Zwang eine Wohltat«, pflichtete Judith bei.

Sie stand blaß und stolz neben ihrem Bruder und wich Richard Wernhers Blicken aus, die sie auf sich ruhen fühlte.

Aber jetzt trat er zu den Geschwistern heran. »Ich habe leider noch keine Gelegenheit gehabt, Sie zu begrüßen, gnädiges Fräulein«, sagte er zu Judith, während er sich vor ihr verbeugte und dann ihrem Bruder die Hand reichte. Er sah wohl den stolz abweisenden Zug in ihrem Gesicht.

»Sie waren sicher durch andere Pflichten in Anspruch genommen, Herr Doktor«, erwiderte sie kühl.

In diesem Augenblick trat Fabrikbesitzer Dürrkopp, dessen Bewerbung um Judith ihr Vater stets unterstützt hatte, auf die Geschwister zu, um sie zu begrüßen. Richard Wernher sah noch, wie Judith ihm freundlich die Hand reichte, dann trat er mit einer kurzen Verbeugung zurück. Ein bitteres Lächeln spielte um seinen Mund. Narr, der er gewesen war, als er glaubte, daß Judith auf ihn warten würde, bis er ihr ein sorgloses Dasein schaffen konnte!

Durch Felizitas wurde er aus seinem Grübeln gerissen. »Ist Ihre Frau Mutter noch nicht hier, Herr Doktor? Wir müssen doch wohl auf sie warten?« fragte sie.

Er zog seine Uhr. »Ich begreife nicht, daß Mutter noch nicht hier ist, sie muß aber jeden Augenblick kommen.

Wenn Sie erlauben, werde ich mich sofort nach ihr umsehen«, sagte er und verließ mit raschen Schritten das Gobelinzimmer.

Als Richard Wernher unter das Portal trat, hielt an der Gartenpforte schon der Kraftwagen, dem seine Mutter entstieg. Er ging ihr entgegen und bot ihr den Arm, um sie ins Haus zu führen. Ihr blasses Gesicht und ihre Erregung, die sie nicht zu verbergen vermochte, schob er auf die bevorstehende Testamentseröffnung. Als er mit seiner Mutter die Vorhalle betrat, kam ihnen Felizitas entgegen. Richard stellte die beiden Damen einander vor, und Felizitas erkannte auf den ersten Blick in seiner Mutter die schwarzgekleidete Gestalt, die sie nach der Rückkehr von der Beerdigung hatte den Garten verlassen sehen.

»Sie haben sich schon einmal vergeblich hierher bemüht, gnädige Frau, und sind wahrscheinlich umgekehrt, da Sie niemand empfing«, sagte Felizitas höflich und war betroffen, als Frau Emilie das verneinte. Sie konnte sich unmöglich irren! Es war dieselbe Gestalt gewesen, und auch den vom Arm herabhängenden schwarzen Seidenschal erkannte Felizitas wieder. Eine Täuschung war ausgeschlossen.

Ein unheimliches Gefühl befiel Felizitas, während sie den beiden nach dem Gobelinzimmer voranschritt, wo der Notar mit der Trauergesellschaft bereits wartete.

Als man Platz genommen hatte, trat der Justizrat hinter den schwarzverhangenen Tisch und begann:

»Beauftragt und bevollmächtigt durch den Erblasser, den verstorbenen Herrn Friedrich Karl Wernher, stehe ich hier vor Ihnen, um Ihnen die von dem Verstorbenen getroffenen letztwilligen Verfügungen bekanntzugeben. In dieser silbernen Kassette, die vor mir steht und die ich persönlich dem Geldschrank des Verstorbenen entnommen habe — einem Erbstück der Familie Wernher —, ist das Testament verwahrt, das ich jetzt eröffnen und vor Ihnen verlesen werde.«

Damit zog der Notar seinen Schlüsselbund aus der Tasche, um mit dem daran befindlichen kleinen goldenen Schlüssel die Kassette zu öffnen.

Felizitas folgte seinem Tun mit seltsam beklommenem Gefühl, und unwillkürlich preßte sie die Hand auf die Stelle ihres Gürtels, wo neben der Uhr der kleine goldene Schlüssel steckte, den sie vorhin drüben im Nebenzimmer auf dem Teppich gefunden hatte. Dabei flogen ihre Blicke zu Frau Emilie Wernher hinüber, die todblaß geworden war. Nur ihre dunklen Augen glänzten wie im Fieber.

Der Notar hatte den Schlüssel in das Schloß der Kassette gesteckt. Frau Emilie schloß die Augen wie aus Furcht vor dem nun Kommenden. Ihr Herzschlag stockte. Wie, wenn der Schlüssel nun doch nicht schloß?

Aber da tönte schon ein leises Schnappen, das Schloß war geöffnet. Der Notar schlug den Deckel der Kassette empor, warf einen Blick hinein und stutzte einen Augenblick.

Seine Augen suchten Felizitas, während er betroffen sagte: »Das ist seltsam, die Kassette ist leer! Sie enthält kein Testament.«

Ein unruhiges Flüstern entstand unter den Versammelten. Felizitas war leise zusammengezuckt und sah den Notar verständnislos an. Er wandte sich nun zu ihr: »Mein gnädiges Fräulein, Sie sehen mich fassungslos. Wie ist es möglich, daß die Kassette das Testament nicht mehr enthält? Wissen Sie, ob der Erblasser das Testament aus der Kassette genommen und anderswo verwahrt hat?«

Felizitas erhob sich. Sie war sehr bleich geworden. Ihre Hand preßte sich auf den Gürtel, wo der goldene Schlüssel ruhte. Sie hätte jetzt wohl von dem Fund sprechen müssen; aber nichts in der Welt hätte sie dazu gebracht, den jäh in ihr aufwachenden Verdacht laut werden zu lassen, denn er richtete sich ja gegen die Mutter Richard Wernhers. Und so sagte sie nur so ruhig, wie sie es vermochte: »Nein, Herr Justizrat, davon weiß ich nichts. Ich halte es aber für ausgeschlossen. Mein Pflegevater hat das Testament stets in der Kassette verwahrt. Noch am Tag vor seiner letzten Erkrankung habe ich es selbst darin liegen sehen.«

»Wissen Sie, ob er die Kassette später noch einmal in Händen gehabt hat?«

Felizitas hätte mit Bestimmtheit versichern können, daß dies nicht der Fall war, aber sie sagte nur: »Meines Wissens und in meiner Gegenwart nicht. Am Tag vor seiner Erkrankung hat mein Pflegevater noch mit mir über die Anordnungen für die Testamentseröffnung gesprochen, ebenso über die Legate und Pensionen an seine Dienerschaft und sein Hauspersonal. Im übrigen kennen Sie ja den Inhalt des Testaments ebenso wie ich, Herr Justizrat.«

Der Notar neigte bejahend das Haupt. »Gewiß, mein gnädiges Fräulein, ich bin durch den Erblasser völlig über alles unterrichtet, da Ihr Herr Pflegevater das Testament in allen Einzelheiten mit mir besprochen hat. Ich stehe vor einem vollständigen Rätsel. Nach allem bleiben nur zwei Möglichkeiten: entweder hat der Erblasser das Testament während seiner letzten Krankheit an einem anderen Platz verwahrt oder — er hat es vernichtet, um vielleicht ein anderes zu machen, woran ihn sein Tod gehindert hat. Halten Sie eine dieser Möglichkeiten für unwahrscheinlich, mein gnädiges Fräulein?«

Einen Augenblick zögerte Felizitas mit der Antwort, als ob sie überlege. Widerstreitende Gedanken kreuzten sich in ihrem Hirn, während ihre Blicke zu Richard Wernher hinüberflogen, der sie mit einem Ausdruck sorgender Teilnahme betrachtete. Sein Glück würde es vielleicht sein, wenn das Testament verschwunden blieb, denn dann fiel ihm nach dem Tod seiner Eltern höchstwahrscheinlich die Erbschaft zu, und er durfte als ein vermögender Mann vor Judith Walberg hintreten. Wenn sie schwieg über das, was sie wußte, so hielt Felizitas jetzt sein Glück vielleicht in der Hand. Das gab für sie den Ausschlag, und so antwortete sie auf die Frage des Notars langsam, aber bestimmt: »Ich kann darüber nichts aussagen, Herr Justizrat. Was ich weiß, habe ich bereits angegeben.«

Der Justizrat schüttelte den Kopf. »Nach allem, was ich weiß — ich kenne ja den Letzten Willen in allen Einzelheiten und auch die Gründe, die Ihren Herrn Pflegevater zu diesem Testament veranlaßten —, halte auch ich es für ausgeschlossen, daß er das Testament vernichtet hat, worin er Sie, mein gnädiges Fräulein, zu seiner Universalerbin einsetzte.«

In diesem Augenblick sprang Georg Wernher erregt auf. »Das muß aber unbedingt schwarz auf weiß bewiesen werden! Auf Ihre Aussage hin, Herr Justizrat, tritt dieser Letzte Wille nicht in Kraft!«

Der Notar maß ihn mit einem kühlen Blick. »Das brauchen Sie mir natürlich nicht erst zu sagen, Herr Wernher! Ich habe nur der Wahrheit gemäß wiedergegeben, was ich weiß. Und Fräulein Rogga kann mir bestätigen, daß ich die Wahrheit spreche. Der Erblasser hat ja auch bei Lebzeiten niemand gegenüber einen Hehl daraus gemacht, daß er in Fräulein Felizitas Rogga seine ausschließliche Erbin sah.«

»Was aber hinfällig wird, wenn kein Testament vorhanden ist«, beharrte Georg Wernher.

Felizitas richtete sich hoch auf und sah den Sprecher stolz und kühl an. »Ich habe meinem Pflegevater gegenüber stets erklärt, wie mir der Herr Justizrat bezeugen wird, daß ich in Ihnen allein den rechtmäßigen Erben des Wernherschen Vermögens gesehen habe, trotz allem, was zwischen Ihnen und meinem Pflegevater lag. Sie brauchen keine Sorge zu haben, daß ich unbewiesene Ansprüche an dies Erbe geltend machen werde.«

Hochaufgerichtet stand Felizitas da und machte nicht den Eindruck, als sei sie von einer schweren Enttäuschung betroffen worden, im Gegenteil, es schien, als sei ihr eine drückende Last von den Schultern genommen.

Nun bat sie der Justizrat, sich selbst davon zu überzeugen, daß die Kassette leer sei. Felizitas trat ruhig an den Tisch heran, blickte in die Kassette und schloß mechanisch den Deckel. Dabei hafteten ihre Augen sinnend auf dem Spruch im goldenen Spruchband; plötzlich aber weiteten sie sich in fassungslosem Staunen. Sie beugte sich tiefer hinab und sah forschend auf die Zeilen, als ob sie ihren Augen nicht traute. Sie wußte genau, daß die Buchstaben »T« in dem Worte »Treuen« und »a« in dem Worte »Gewand« fast verwischt gewesen waren und offenbar durch den häufigen Gebrauch abgenutzt. Hier aber auf diesem Spruchband waren sämtliche Buchstaben scharf ausgeprägt und deutlich zu lesen. Und nun schoß ihr die Gewißheit wie ein Blitz durch den Kopf: Diese Kassette war nicht dieselbe, in der Onkel Karl sein Testament verwahrt hatte; sie war sicher das Duplikat des alten Familienerbstücks und mit der ursprünglichen vertauscht, und niemand anderes konnte das getan haben als Frau Emilie Wernher.

Felizitas hob den Kopf und sah mit einem forschenden Blick in die Augen dieser Frau, in denen das Schuldbewußtsein für sie so deutlich geschrieben stand. Mit blitzartiger Schnelligkeit reihten sich für Felizitas die einzelnen Verdachtsgründe noch einmal zur lückenlosen Kette aneinander: die flüchtige Erscheinung der schwarzen Gestalt an der Gartenpforte, der dunkle Seidenschal, unter dem die Fremde etwas zu verbergen schien, das Leugnen Frau Emilies, das Haus schon einmal betreten zu haben. Sicher hatte sie in der Absicht, die beiden Kassetten zu vertauschen, die Beerdigung versäumt. Man hatte offenbar Onkel Karl verheimlicht, daß die zweite Kassette noch vorhanden war. Daß Richard Wernher um den Betrug wissen sollte, war für Felizitas ausgeschlossen, ebensowenig sein Vater, dazu war seine Erregung vorhin zu echt gewesen. Noch einmal gingen ihre Augen zu Frau Emilie hinüber, die leichenblaß, ohne sich zu rühren, auf ihrem Stuhl sitzen geblieben war, während die übrigen Teilnehmer an der Trauerfeier erregte Gruppen bildeten und das rätselhafte Verschwinden des Testaments besprachen.

Nach allem blieb dem Justizrat nichts übrig, als sich vorläufig von Felizitas zu verabschieden, um dann seine weiteren Maßnahmen zu treffen.

Als er, von Felizitas bis zur Türe begleitet, gegangen war, trat Richard Wernher auf sie zu und reichte ihr die Hand. »Mein gnädiges Fräulein«, sagte er, kaum seine Bewegung meisternd, »ich hoffe, Sie glauben mir, wenn ich Ihnen sage, daß ich sehnlich wünsche, daß das Testament gefunden wird. Sicher hat es Onkel Karl anderweitig verwahrt und während seiner Krankheit nur vergessen, es Ihnen mitzuteilen. Geben Sie die Hoffnung nicht auf, es wird sich ja finden! Und wie es auch kommen mag, ich für meine Person verzichte auf ein Erbe, das uns nicht zukommt, denn ich weiß, daß Sie allein nach Onkel Karls Willen die rechtmäßige Erbin seines Vermögens sind.«

»Ich glaube Ihnen, lieber Herr Doktor, daß Sie wünschen, das Testament möge sich noch finden. Aber ich selbst wünsche es ja nicht einmal.« Im stillen dachte sie: Wenn du wüßtest, wer das Testament verschwinden ließ, dann würdest du seine Wiederauffindung nicht wünschen!

Er sah sie mit großen, erstaunten Augen an, aber sie schnitt die Frage, die ihm auf den Lippen lag, ab und sagte einfach: »Ich habe ja meinen Heidehof und auch ein kleines Kapital, das Onkel Karl in sicheren Papieren für mich angelegt hat. Das schützt mich vor Not und sichert mir eine bescheidene Existenzmöglichkeit.«

Richard Wernher verneigte sich noch einmal stumm vor ihr, denn in diesem Augenblick traten die anderen Leidtragenden hinzu, um sich unter Worten warmer Teilnahme von Felizitas zu verabschieden. Das Wernhersche Ehepaar hatte, unbemerkt von Felizitas, das Zimmer schon vorher verlassen, und es war ihr lieb, daß sie Frau Emilie nicht noch einmal hatte Auge in Auge gegenübertreten müssen.

Rolf und Judith Walberg waren im Hintergrund geblieben und wollten sich als die letzten von Felizitas verabschieden.

»Das Testament wird sich noch finden, mein gnädiges Fräulein«, sagte Rolf tröstend, als die anderen gegangen waren.

»Das steht außer Frage, Fee, es muß ja gefunden werden«, pflichtete Judith bei.

Felizitas lächelte seltsam. »Es wird nicht gefunden werden, ich wünsche es auch nicht.«

Rolf sah sie mit großen, unruhigen Augen an: »Sie wünschen es nicht?«

»Nein, denn ich habe mich nie als die rechtmäßige Erbin Onkel Karls betrachtet.«

Es glänzte hell auf in seinem Blick. »Und was werden Sie tun?«

Felizitas reckte sich hoch auf, ihre Augen leuchteten mutig und entschlossen. »Ich habe den Verlust meines geliebten Pflegevaters verschmerzen müssen. Das war schwerer, als auf sein Erbe zu verzichten. Ich werde so schnell wie möglich meine Angelegenheiten hier ordnen, denn meines Bleibens hier ist nicht länger, als unbedingt nötig ist.«

»Und wohin wollen Sie?«

»Ich gehe auf meinen Heidehof, Herr Walberg, der wird jetzt wieder meine Heimat sein, und es wird mir nicht schwerfallen, mich in die neuen Verhältnisse zu schicken, denn ich hatte ja immer die Absicht, nach Onkels Tod einmal auf den Heidehof hinauszuziehen. Ich hoffte bis zuletzt, daß ich Onkel Karl mit Richard Wernher wieder aussöhnen würde, der ja an dem Zerwürfnis der Familien völlig schuldlos ist. Es wäre mir auch sicher noch gelungen, wenn Onkels Erkrankung nicht dazwischengekommen wäre, und er würde seinen Neffen auf alle Fälle noch in seinem Testament bedacht haben.«

Rolf Walberg zog Fees Hand an seine Lippen. Er schien sehr bewegt und vermochte nichts zu sagen. Statt seiner tat es Judith. »Wir wollen gute Nachbarschaft halten, liebe Fee«, sagte sie warm, und Rolf schloß: »Sie dürfen immer und unbedingt auf uns rechnen!«

»Von dir kann man lernen, Fee, sich ins Unvermeidliche zu schicken«, sagte Judith und schloß die Freundin in die Arme.

»Hast du es nicht auch getan, Judith? Ich habe doch von deinem Bruder gehört, daß du eine so tüchtige Hausfrau in Neulinden geworden bist.«

Judith seufzte. »Dazu fehlt mir noch viel, und Rolf ist

sehr nachsichtig. Ich habe mich eben der Notwendigkeit gefügt. Erinnerst du dich noch, was dein Pflegevater sagte, als wir das letztemal hier mit ihm zusammensaßen? ›Wollen, was man muß!‹ Das habe ich beherzigt, und mit diesem Wahlspruch geht alles.«

Felizitas nickte. »Ja, das ist eines der vielen goldenen Worte, die ich von Onkel Karl gehört habe. Auch ich will mich bemühen, immer das zu wollen, was ich müssen werde.«

»Wir sagen also: Auf baldiges Wiedersehen in Neulinden, gnädiges Fräulein!«

»Ja, Herr Walberg, sobald ich im Heidehof eingetroffen bin, werde ich Ihnen und Judith meinen nachbarschaftlichen Antrittsbesuch machen. Auf Wiedersehen also!«

Damit schieden sie.

Felizitas war allein im Gobelinzimmer zurückgeblieben. Sie stand einen Augenblick mit geschlossenen Augen, um sich zu sammeln nach alledem, was diese letzte Stunde gebracht hatte. Dann trat sie an die silberne Kassette heran, die noch auf dem Tisch stand, zog den gefundenen kleinen Schlüssel hervor und steckte ihn in das Schloß, das sich mühelos öffnen ließ. Da wußte sie ganz genau, wie das Testament verschwunden war. Sie brauchte nur dem Notar den Schlüssel zu bringen und ihm zu sagen, wo sie ihn gefunden hatte. Dann würde man nachforschen und wahrscheinlich bald die Wahrheit ans Licht bringen. Aber sie schüttelte entschlossen den Kopf. Nie würde sie das tun! Richard Wernher durfte nie erfahren, was seine Mutter getan hatte, und auf dem Namen Wernher sollte kein Flecken haften.

Den Schlüssel aber, den Felizitas gefunden hatte, behielt sie neben ihrer Uhr an der Kette hängen, denn sie wollte ihn sich aufheben zum Andenken an diese Stunden.

Von fieberhafter Aufregung geschüttelt, war Frau Emilie Wernher nach Hause zurückgekehrt. Ihr Gatte fand ihren Zustand nach dem Vorgefallenen wohl begreiflich, und so sah er auch nichts Auffallendes darin, daß sie erklärte, sich gleich in ihr Zimmer zurückziehen zu wollen. Er selbst war viel zu sehr mit den neu erschlossenen Zukunftsaussichten beschäftigt, als daß er weiter auf Frau Emilie geachtet hätte, die noch einmal dem Mädchen klingelte, um ihm zu sagen, daß sie heute keiner weiteren Hilfe bedürfe und nicht mehr gestört sein wolle. Damit verschwand sie in ihrem Schlafzimmer und schloß die Tür hinter sich ab.

Erst als sie allein war, atmete sie auf und legte die Hand auf ihr Herz, das in stürmischen Schlägen pochte.

Dann öffnete sie mit zitternden Händen ihren Wäscheschrank, in dem sie die geraubte Kassette vor Stunden versteckt hatte, um sie zu öffnen und das Testament zu vernichten. Sie glaubte, erst dann, wenn dies geschehen war, wieder ruhig werden zu können.

Nervös suchte sie in ihrer Tasche nach dem kleinen, goldenen Schlüssel, aber vergebens, er war verschwunden!

Ein lähmender Schreck durchzuckte sie, als sie den Verlust bemerkte. Unfähig, ein Glied zu rühren, saß sie eine Weile, die Kassette vor sich auf ihren Knien. Nein, es konnte nicht sein, der Schlüssel mußte sich finden! Und wieder durchsuchte sie mit fliegenden Händen ihre Taschen, aber der Schlüssel fand sich nicht. Ihre Angst wuchs. Wenn sie nun den Schlüssel gar im Wernherschen Hause verloren hätte und er dort gefunden würde?

Sie suchte sich zu ruhiger Überlegung zu zwingen, und je länger sie nachdachte und sich noch einmal die ganze Lage vergegenwärtigte, desto unwahrscheinlicher erschien ihr das. Viel eher war anzunehmen, daß sie ihn mit dem Taschentuch gleichzeitig auf der Straße nachher herausgezogen hatte, als sie, von dem raschen Gang erhitzt, sich das Gesicht hatte kühlen wollen. Wenn ihn dort irgendein Fremder fand, so war das nicht weiter verfänglich.

Aber nun tauchte eine neue Frage auf: Wie sollte sie die Kassette öffnen? Es handelte sich doch um ein altes Kunstschloß, zu dem sich kaum so leicht ein passender Schlüssel finden würde.

Frau Emilie holte ihren Schlüsselbund herbei und versuchte die kleineren Schlüssel im Schloß, aber natürlich vergeblich. Mit Gewalt die Kassette zu sprengen, vermochte sie ebensowenig. Das Schloß war fest und solid gearbeitet, und sie mußte fürchten, die Kassette dabei zu beschädigen. Das mußte aber durchaus vermieden werden, denn ihr Mann hatte seinerzeit die Kassette heil und unversehrt gesehen, und wenn er nun zufällig einmal nach ihr fragen sollte und sie gewaltsam erbrochen fand . . .?

Völlig erschöpft ließ Frau Emilie endlich von ihren vergeblichen Versuchen ab und versteckte die Unglückskassette, von deren Inhalt für sie und ihre Familie soviel abhing, zwischen den Wäschestücken ihres Schrankes, den sie verschloß und dessen Schlüssel sie an sich nahm.

In ruheloser Angst wanderte sie in ihrem Zimmer auf und ab und schreckte jedesmal zusammen, wenn die Flurklingel ertönte. Aber niemand störte sie, und so suchte sie, als es finster geworden war, endlich erschöpft ihr Lager auf.

Doch sie fand keinen Schlummer. Unablässig kreisten ihre Gedanken um das geraubte Testament. Wie lange würden die gerichtlichen Nachforschungen danach dauern? Und wenn sie erfolglos blieben, wann würde ihrer

Familie die Wernhersche Erbschaft auch rechtlich zufallen?

Dann kreuzten wieder andere Erwägungen ihr Hirn: Würde nicht eine Heirat zwischen ihrem Sohn und Felizitas Rogga die glücklichste Lösung sein? Das wäre für sie selbst wie eine Beruhigung ihres Gewissens gewesen, denn dann wäre ihrem Sohn das ihm zustehende Erbe zugefallen, ohne daß Felizitas dadurch geschädigt wurde. Aber das blieb eine trügerische Hoffnung nach allem, was ihr Sohn Richard ihr in den letzten Wochen erzählt hatte.

Dann grübelte Frau Emilie wieder darüber nach, ob es möglich sein würde, Felizitas in irgendeiner anderen Weise zu entschädigen. Sie selbst wollte damit ihr Gewissen beschwichtigen und mußte doch fürchten, daß das stolze Mädchen jeden derartigen Versuch schroff ablehnen werde. Kurz, wie sich Frau Emilie auch wand, sie sah in ihrer inneren Angst keinen Weg, der aus der Wirrnis herausführte, in die sie ihre eigene Schuld so tief verstrickt hatte.

VIII

Felizitas war auf den Heidehof übergesiedelt, wo sie alles, wie sie erwartet hatte, in bester Ordnung vorfand. Das kleine Wohnhaus lachte im Schmuck blühender Kletterrosen, die alle Wände von oben bis unten umspannten. Und auch auf der Brüstung der kleinen Holzveranda blühte ein reicher Blumenflor, von dem alten Gärtner sorgfältig gehegt und gepflegt.

Er und seine Frau hatten alles aufgeboten, um Felizitas einen freundlichen Empfang zu bereiten. Im Wohnzimmer wartete der gedeckte, blumengeschmückte Kaffeetisch mit einem braunen, duftenden Napfkuchen, wie ihn Felizitas liebte, von Mutter Reimer selbst gebacken; frisches Weißbrot, Butter und Honig vervollständigten den einladenden Anblick. Am Fenster blühende Blumen und frisch aufgesteckte Gardinen aus weißem Mull, mit farbigen Bändern gebunden. Das alles sah so freundlich und behaglich aus, daß Felizitas der alten Gärtnersfrau gerührt die Hand drückte.

Eine schmale Wendeltreppe führte von der Diele in den ersten Stock hinauf, wo die Schlafzimmer lagen, die Fee und ihr Pflegevater benutzt hatten, wenn sie im Sommer hier draußen wohnten. So fand Felizitas hier ein behagliches Friedensasyl, wenn sich das kleine Haus natürlich auch nicht mit der vornehmen, großen Villa ihres Pflegevaters drinnen in der Stadt vergleichen ließ.

Als Bedienung hatte sie Lisbeth, die Tochter der alten Gärtnersleute, aus der Stadt mitgebracht, die sich darüber freuten, ihr Kind nun wieder bei sich zu haben. Als sie die Eltern begrüßt hatten, meinte Felizitas freundlich: »Nicht wahr, Lisbeth, wir werden schon zeigen, daß wir beide zur Not tüchtig zufassen können! Und daß ich mich auf Vater und Mutter Reimer verlassen kann, das weiß ich auch. Aber nun nehmen Sie Ihre Lisbeth erst einmal auf ein Plauderstündchen mit hinüber, während ich mir hier den Kaffee gut schmecken lassen werde.«

Damit nahm sie an dem einladend gedeckten Tisch Platz. Ihr Blick flog hinaus über die weite Heide, die sich nach dieser Seite hin vor dem Hause dehnte. Über dem blühenden Heidekraut spannte sich das blaue Himmelszelt. Eine linde, würzige Luft wehte von draußen herein, daß die weißen Mullgardinen sich bauschten.

Als Felizitas ihren Imbiß beendet hatte, ging sie in ihr Schlafzimmer hinauf, um ihre Koffer auszupacken. Die Fenster dieses Raumes lagen nach der anderen Seite hinaus, boten aber auch hier einen weiten, freien Blick über die fruchtbaren Wiesen und Felder hinweg. Und wenn sich Felizitas ein wenig aus dem Fenster lehnte, dann konnte sie drüben das Gutshaus von Neulinden liegen sehen. Ein schmaler Fußpfad führte am Rand der Heide entlang vom Heidehof zu dem Gutshaus hinüber. In einer kleinen halben Stunde konnte man drüben sein.

Lange stand Felizitas am Fenster und dachte an die beiden lieben Menschen, die dort wohnten und an denen sie für die nächste Zeit einen treuen und festen Rückhalt zu haben hoffte. Gleich morgen wollte sie dort ihren Besuch machen, um mit Rolf Walberg die ersten notwendigen Schritte zur Inbetriebsetzung der Meierei zu besprechen.

Bald darauf kam Lisbeth, um ihrer Herrin beim Auspacken der Koffer zu helfen. Als Felizitas dabei das elegante Toilettenkästchen aus Schildpatt auf ihren Toilettentisch legte, mußte sie daran denken, daß alle diese kostbaren Kleinigkeiten so gar nicht in den Rahmen ihrer neuen, bescheidenen Verhältnisse paßten.

»Ich werde in vielen Dingen umlernen müssen«, sagte sie lächelnd zu Lisbeth, die ihr geschäftig half, bis es Abendbrotzeit war.

Nach der Abendmahlzeit saß Fee noch ein Stündchen draußen auf der kleinen Holzveranda vor dem Haus und träumte in die Heide hinaus. Der Mond stieg am Himmel empor, und sie folgte, in Gedanken versunken, seinem Lauf. Er geht nach Neulinden hinüber, dachte sie.

Ein stiller Friede lag über der Heide, den Felizitas nach der Unruhe der vergangenen Wochen doppelt wohltätig empfand. Dabei stand Onkel Karls Bild vor ihrer Seele, der ihr so lange ein liebevoller Vater gewesen war. Ihre Trauer war nach dem ersten wilden Schmerz milder und sanfter geworden. Alle Bitternis war aus ihrem Herzen geschwunden, auch wenn sie an die ränkevolle Frau dachte, die die Pläne ihres Pflegevaters mit frevelhafter Hand durchkreuzt hatte. Mit dem alten Bibelwort: »Die Rache ist mein!« hatte sie sich getröstet und war entschlossen, alles ruhig gehen zu lassen, wie es Gott wollte.

Sie wandte den Blick nicht von der hellen Mondscheibe, die höher und höher an dem nächtlichen, sternenübersäten Himmel stieg, bis sie über dem Gutshaus von Neulinden stand, und dabei kam ihr das fromme Lied, das die Mutter sie in ihrer Kindheit gelehrt hatte, in den Sinn:

»Der Wolken, Luft und Winden
Gibt Wege, Lauf und Bahn,
Der wird auch Wege finden,
Da dein Fuß gehen kann.«

Wie eine freudige Verheißung klangen die Worte in ihrem Herzen nach. Langsam erhob sie sich, um sich zur Ruhe zu begeben. Als sie ihr Fenster schloß, sah sie noch einmal nach Neulinden hinüber. Dort schimmerte aus einem der Fenster des Gutshauses ein Licht. Friedlich und köstlich schlief sie in dieser Nacht.

Das Neulindener Gutshaus war ein langgestrecktes, einstöckiges Gebäude. Architektonische Schönheit zeichnete es freilich nicht aus, und es machte mit seiner grau getünchten Fassade einen recht nüchternen Eindruck. Der große Hof war rings mit Wirtschaftsgebäuden umgeben und zeigte eine musterhafte Ordnung und Sauberkeit.

Mitten auf dem Hof stand eine uralte, breitästige Linde, die dem Gut wohl den Namen gegeben hatte.

Die Hinterfront des Gutshauses lag nach dem großen Gemüse- und Obstgarten hinaus, über den hinweg man von den Fenstern den weiten Blick auf die Heide hatte.

Das Innere des Hauses zeigte eine etwas altmodische, aber gediegene Einrichtung. Bis vor kurzem hatte man es diesen Räumen angemerkt, daß hier seit langen Jahren die schmückende Frauenhand fehlte, denn Rudolf Walbergs Onkel war zeitlebens Junggeselle geblieben, und Rolf hatte alles so belassen, wie er es von Onkel Peter her vorgefunden hatte: sauber und gediegen, aber ohne den behaglichen Zauber, den eben nur eine Frauenhand einem Heim zu geben vermag.

Seit aber Judith in Neulinden war, hatte das alles ein anderes Gesicht bekommen. Mit ihrem stark ausgeprägten Schönheitssinn hatte sie den Zimmern eine freundlichere Note gegeben.

Während draußen auf der Veranda das Hausmädchen den Frühstückstisch deckte, kam Judith Walberg vom Hühnerhof her über den Gutshof. Die vor kurzem noch so gefeierte und vielumworbene Judith trug heute ein schlichtes Wollkleid und darüber eine dunkelblaue Leinenschürze mit langen Ärmeln. In den Händen hielt sie vorsichtig ein Körbchen, das mit Eiern gefüllt war.

Eben kam ihr Bruder vom Feld heim, sprang vom Pferd, das er einem der Knechte übergab, und begrüßte Judith fröhlich. Er sah den Eierkorb und meinte lachend: »Ich glaube wahrhaftig, Judith, du lernst es noch, Freude an der Landwirtschaft zu haben!«

»Vielleicht habe ich es schon gelernt, Rolf! Jedenfalls hätte ich nie geglaubt, daß mir die Arbeit hier draußen so viel Vergnügen machen würde. Aber nun komm, denn du wirst hungrig sein.«

Sie gingen ins Haus. Judith trug die Eier in die Vorratskammer und eilte dann in ihr Zimmer, um die Schürze abzulegen, während Rolf seinen Reitanzug wechselte, da er für heute zu Hause bleiben wollte, denn er hoffte im stillen auf Felizitas Roggas Besuch, den er um keinen Preis verfehlen mochte.

Als er auf die Veranda hinaustrat, fand er Judith schon am Frühstückstisch. Er nahm ihr gegenüber Platz, und sie legte ihrem Bruder vor. Er sah sie strahlend an. »Weißt du, Judith, seit du hier bist, merke ich erst, wie öde und einsam es bisher hier war.«

Sie sah ihn zweifelnd an. »Willst du mir das nicht nur einreden, um mich nicht das Gefühl des Überflüssigseins empfinden zu lassen?«

Er schüttelte den Kopf.

»Nein, wahrhaftig nicht. Du mußt es doch selbst fühlen, daß du in dieser Zeit die Seele von Neulinden geworden bist. Ein weibliches Wesen hat hier gefehlt, das ein bißchen Behagen um sich verbreitete. Ich bin ganz erstaunt, wie geschickt du alles anfaßt und wie leicht du dich hier eingelebt hast.«

Judith sah auf ihren Teller hinab. »Ja, es hat mir eben niemand zugetraut, daß ich an der Arbeit und an schlichten Verhältnissen Gefallen finden könnte. Ich war immer nur die verwöhnte Prinzessin, solange Papa lebte. Ich ahnte selbst nicht, daß ich mich auch in bescheidenen Verhältnissen wohl fühlen würde, vielleicht wohler als früher. Und dann weißt du doch, Rolf: ›Wollen, was man muß‹, das macht freie Menschen! Und du machst es mir ja so leicht. Du läßt es mich nicht fühlen, daß ich hier eigentlich ganz überflüssig bin —«

Er ließ sie nicht aussprechen. »Judith, was sind das für törichte Reden? Fühlst du denn nicht, wieviel du mir bist, wie nötig ich dich brauche?«

Sie sah ihn mit ihren lichten Augen an.

»Das wird aber anders werden, wenn du erst eine junge Herrin nach Neulinden heimführst.«

Er schüttelte den Kopf. »Dann ist in Neulinden noch ebensoviel Platz für dich wie heute. Es wird sich nichts ändern.«

»Von deiner Seite aus nicht, Rolf, dafür kenne ich dich. Aber —«

Er faßte ihre Hand. »Wer weiß denn überhaupt, ob du mir nicht viel früher entführt wirst? Dürrkopp ist ja in Neulinden jetzt beinahe das tägliche Brot.«

Ein harter Zug legte sich um ihren Mund, und ihre Augen schienen in der Erregung ganz dunkel. »Hältst du es für möglich, Rolf, daß ich Dürrkopps Frau werden könnte?«

Er sah verlegen vor sich hin. »Nun, weißt du, er ist sehr reich; du kämst da mit einem Schlag wieder in altgewohnte Verhältnisse.«

Er hob den Kopf und atmete tief auf. »Offengestanden nein. Wahrhaftig, ich wünsche dir etwas anderes, aber ich fürchte doch, daß du es auf die Dauer in den kleinen Verhältnissen hier nicht aushältst.«

Judith legte Messer und Gabel hin und lehnte sich zurück. »Jedenfalls freut es mich, Rolf, daß du mich in dieser Beziehung nicht beeinflussen willst, wie Papa es getan hat. Also — Dürrkopp kann seine Bemühungen sparen, ein für allemal!«

Die letzten Worte sprach sie hart und entschieden, wie es sonst ihre Art nicht war.

Auch Rolf schob nun seinen Teller zurück. »Nun, dann

könnte der gute Mann eigentlich seine Besuche in Neulinden einstellen. Sehr entzückt bin ich nicht davon. Aber ganz offen gesagt, wenn es so steht, dann hättest du ihm von vornherein ablehnender begegnen sollen. Nun hat er Hoffnung und läuft uns das Haus ein.«

Eine dunkle Röte war in Judiths Gesicht gestiegen. Sie wußte sehr wohl, daß sie damals bei der Testamentseröffnung Dürrkopp gegenüber freundlicher gewesen war, als sie hätte sein sollen, um Richard nicht zu zeigen, wie sie um ihn litt.

»Ich weiß, Rolf«, sagte sie nach einer Weile, »ich war nicht abweisend genug gegen ihn. Ich habe mir deswegen selbst schon Vorwürfe gemacht. Männer seines Schlags glauben, man mache ihnen Hoffnungen, wenn man sie nicht wie Luft behandelt.«

Er sah sie forschend an. »Sag mal, Judith, wolltest du durch dein freundliches Benehmen gegen Dürrkopp vielleicht einen anderen kränken?«

Ihr Gesicht wurde glutrot. »Wie meinst du das?«

»Ich hatte früher so das Gefühl, als ob sich zwischen dir und Richard Wernher etwas anspinne. Übrigens wird er sich binnen kurzem aus eigener Kraft eine ausgezeichnete Stellung schaffen, und dann ist es ja auch möglich, daß Karl Wernhers Vermögen ihm zufällt. In beiden Fällen wäre es eine annehmbare Partie für dich. Und ein Prachtmensch ist er außerdem, ich kenne ihn doch genau.«

Judith erhob sich rasch. »Zwischen Richard Wernher und mir wird es nie im Leben eine Gemeinschaft geben, gleichviel, ob er arm oder reich ist«, sagte sie schroff und trat an die Brüstung der Veranda, den Vögeln die Brosamen hinstreuend.

Starren Blickes sah Judith in die Heide hinaus, und Rolf bemerkte, daß ihre Hände bebten. Da wußte er, daß es hier eine wunde Stelle zu schonen gab. Deshalb sagte er nur leichthin: »Also dann habe ich mich getäuscht.«

Judith hatte sich inzwischen wieder gefaßt und trat zum Frühstückstisch zurück. »Übrigens möchte ich wissen, ob Fee sich schon im Heidehof befindet. Sie wollte doch dieser Tage dort eintreffen«, sagte sie ablenkend.

Über Rolfs Stirn flog eine heiße Röte. »Zufällig kann ich dir darüber Auskunft geben. Fräulein Rogga ist im Heidehof eingetroffen.«

Judith sah freudig überrascht auf. »Wirklich?«

»Ja, gestern nachmittag schon.«

»Woher weißt du das?«

»Ich traf den Gärtner Reimer aus dem Heidehof, er erzählte es mir.«

Daß er den alten Mann angehalten und danach gefragt hatte, verschwieg er lieber.

»Dann sehen wir Fee vielleicht heute noch in Neulinden. Da sie im Heidehof ist, hat sich das Testament doch wohl nicht gefunden.«

»Hoffentlich nicht«, entfuhr es seinen Lippen.

Sie sah den Bruder erstaunt an. »Aber, Rolf, ich verstehe dich nicht.«

Er lachte verlegen. »Ach, weißt du, das ist mir so herausgefahren. Im übrigen, wozu das Versteckspiel? Du hast ja so helle Augen und weißt doch schon, wo mich der Schuh drückt.« Er versuchte einen leichten, scherzhaften Ton anzuschlagen. »Du hast mir ja auch schon mal auf den Zahn gefühlt. Und da habe ich dir gesagt, daß es mir leid tut, daß sie eine Millionenerbin sei und ich ein armer Landwirt. Und siehst du, mit dem verlorenen Testament wäre doch das Hindernis beseitigt, und ich könnte wohl den Versuch wagen, einmal bei ihr anzuklopfen.«

In Judiths Augen trat ein feuchter Schimmer. Sie fühlte die große, starke Liebe des Bruders auch aus seinem gewollt leichten Ton herausklingen.

Zu ihm tretend, strich sie ihm über das Haar, ohne etwas zu antworten. Aber das genügte ihm auch.

»Wenn ich nur wüßte, ob sie heute noch käme«, sagte er, wie zu sich selbst.

»Ich glaube es sicher, Rolf.«

Er sprang auf. »Dann habe ich eine Bitte an dich, Judith.«

»Und das wäre?«

»Wenn sie kommt, dann halte sie ein bißchen hier fest, hörst du? Sie darf nicht nur so auf einen Zehnminutenbesuch bleiben, und ich kann sie doch nicht gut nötigen.«

Judith lächelte. »Du sollst mit mir zufrieden sein, Rolf. Aber nun überlasse ich dich deinem Schicksal, denn ich habe noch zu tun. Du bleibst doch zu Hause?«

»Natürlich. Erstens habe ich zu schreiben und zu rechnen, und zweitens — ich möchte einen gewissen Besuch nicht verfehlen.«

Lächelnd ging Judith davon.

Glückliche Fee! dachte sie bei sich, du wirst nicht aufgegeben werden, weil du arm geworden bist.

IX

Es war ein wundervoller Tag, als sich Felizitas auf den Weg nach Neulinden machte. Der Pfad führte am Rand der blühenden Heide hin, über die sich der blaue Sommerhimmel spannte. Während des ganzen Weges sah Felizitas Neulinden vor sich liegen, und sie ahnte nicht, daß von einem der Fenster des Gutshofes aus sie zwei graue Männeraugen längst erspäht hatten und ihrem Weg nun Schritt für Schritt mit Ungeduld folgten. Als sie den Gutshof betrat, kamen ihr die Geschwister von der Veranda herab entgegen und begrüßten sie erfreut und herzlich, um sie dann auf die Diele zu führen, wo Felizitas ablegte. Da die Veranda noch im heißen Sonnenschein lag, baten die Geschwister ihren Gast in das kühlere Wohnzimmer. Felizitas überflog es mit einem raschen Blick, denn sie sah sogleich, in wie vorteilhafter Weise sich hier alles verändert hatte, seit sie zum letztenmal mit Onkel Karl hier gewesen war.

»Wie hübsch hier alles geworden ist und wie behaglich!« meinte sie lächelnd. »Überall merkt man Judiths verschönernde Hand.«

Sie hatten inzwischen Platz genommen, und Rolf sagte nicht ohne das Gefühl einer stolzen Befriedigung über Felizitas' Anerkennung: »Nicht wahr, gnädiges Fräulein, es ist jetzt hier in Neulinden viel behaglicher und gemütlicher als damals, als ich einsamer Junggeselle allein hausen mußte?«

Felizitas nickte und sagte dann zu Judith gewandt: »Du hast entschieden eine glückliche Hand, Judith, dein Bruder kann dir wirklich dankbar sein!«

Rolf strahlte über das ganze Gesicht: »Nun, wenn Sie es hier so behaglich finden, gnädiges Fräulein, dann dürfen wir wohl auch hoffen, Sie recht oft bei uns zu sehen. Außerdem verpflichtet uns ja die nahe Nachbarschaft, zusammenzuhalten.«

Felizitas errötete unter dem Blick, mit dem er das sagte, und nickte nur, während Judith meinte: »Vorausgesetzt, daß du auf dem Heidehof bleibst, was ich immer noch nicht glauben kann. Haben die Nachforschungen nach dem Testament denn noch keine Ergebnisse gezeigt?«

Felizitas schüttelte den Kopf. »Nein, das Testament hat sich nicht gefunden, und alle Ermittlungen sind erfolglos geblieben. Das Gericht ist jetzt auch der Ansicht, daß Onkel Karl das Testament selbst vernichtet hat, um es gelegentlich durch ein anderes zu ersetzen, woran ihn der Tod hinderte.«

»Und Sie trauern dem reichen Erbe gar nicht nach, gnädiges Fräulein?« fragte Rolf.

»Nein, es ist gut so, wie es gekommen ist, denn ich wäre nie das drückende Gefühl losgeworden, die rechtmäßigen Erben benachteiligt zu haben. Mit dem Verschwinden des Testaments ist mir eine Last vom Herzen genommen worden, und ich sehe mit Ruhe und Vertrauen in die Zukunft, vollends, da Sie mir ja mit Rat und Tat zur Seite stehen wollen; ich bin schon heute gekommen, um von Ihrem freundlichen Anerbieten Gebrauch zu machen.«

Über Rolfs Züge ging ein warmes Leuchten. »Dann also nochmals auf gute Nachbarschaft!« sagte er herzlich und reichte Felizitas die Hand.

»Ehe ihr aber ans Geschäftliche geht«, meinte Judith lächelnd, »muß Felizitas versprechen, zu Mittag zu bleiben, dann könnt ihr in aller Ruhe den Wirtschaftsplan für den Heidehof besprechen.«

Rolf warf seiner Schwester einen dankbaren Blick zu, und Felizitas nahm gern die freundliche Einladung an. Während Judith ging, um in der Küche nach dem Rechten zu sehen, entwickelte Felizitas ihren Plan, im Heidehof die Meierei wieder einzurichten, die zu Lebzeiten ihrer Mutter dort betrieben worden war. Rolf hörte ihr aufmerksam zu und staunte über den praktischen Sinn, der aus allem sprach. Mit dem Bleistift in der Hand folgte er ihren Ausführungen, notierte Zahl um Zahl, und als sie nun gemeinsam das Ergebnis prüften, ergab sich, daß mit dem kleinen Kapital, das Felizitas noch besaß, der Plan sehr wohl auszuführen war und auch Erfolg zu versprechen schien.

Felizitas, die über dem Planen und Rechnen heiße Wangen bekommen hatte, reichte Rolf aufatmend die Hand. Am liebsten hätte er sie nicht wieder losgelassen, sondern das geliebte Mädchen an sich gezogen und ihr gesagt: »Laß den Heidehof, wie er ist, denn lange sollst du nicht mehr dort bleiben, weil ich dich hier nach Neulinden holen und dir eine neue Heimat an meinem Herzen geben will.«

Aber noch konnte er nicht so sprechen, denn er wußte ja noch nicht, ob Felizitas seine Gefühle erwiderte, und so mußte er sich damit begnügen, ihr warm die Hand zu drücken, mit einem ermunternden, aber aus einem treuen Herzen kommenden »Glückauf!« —

Es war ein heiteres Mahl, das die drei in dem altväterlich behaglich eingerichteten Speisezimmer an der Tafel vereinigte. Das Gespräch ging hin und her, bis es Felizitas, nicht ohne Absicht, auf Doktor Richard Wernher lenkte.

»Doktor Wernher ist über das Verschwinden des Testaments viel unglücklicher als ich«, schloß sie. »Er sucht seinen Vater dazu zu bestimmen, auf die Erbschaft zu verzichten, da er weiß, daß sie mir zugedacht war.«

»Das sieht ihm ganz ähnlich, denn ich habe Richard stets als einen Menschen von durchaus vornehmer Gesinnung kennengelernt«, warf Rolf ein, während er seine Schwester heimlich beobachtete.

Diese war leicht errötet und meinte, als die anderen schwiegen: »Ich kann mir nicht denken, daß ihm ein solches Vermögen gleichgültig sein sollte, das ist doch sonst nicht Männerart!«

Felizitas wollte einlenken und sagte: »Du verkennst ihn, Judith! Er ist ein Mann von durchaus idealen Anschauungen, obwohl er als Mann der Tat mitten im praktischen Leben steht.«

Judith zuckte die Achseln. »Ich bin anderer Ansicht über ihn«, sagte sie schroff.

»Dann bist du eben im Irrtum«, beharrte Felizitas.

Um Judiths Lippen zuckte es, dann sagte sie mit erzwungener Gleichgültigkeit: »Lassen wir das! Schließlich interessiert mich Doktor Wernher, auch wenn er Rolfs Freund ist, zu wenig, als daß ich über seine Vorzüge streiten möchte!«

So kam man in leichtem Plauderton wieder auf etwas anderes zu sprechen, aber Felizitas war es gewesen, als hätte sie Judith bis ins Herz sehen können, die offenbar glaubte, daß Richard Wernher sie aufgegeben habe, weil sie plötzlich ein armes Mädchen geworden war. Wie sich doch zwei Menschen, die sich beide im Grunde liebten, so ineinander täuschen konnten! Eines glaubte sich vom anderen aus egoistischen Gründen verschmäht, und das gab beiden eine trotzige Zurückhaltung, über die keine Brücke zu führen schien.

Wenn man ihnen doch helfen könnte! dachte Felizitas, während ihr Blick zu Judith hinüberflog, aber sie wagte es doch nicht, die Freundin merken zu lassen, daß sie um ihre begrabene Liebe zu Richard Wernher wußte.

So endete das Mahl trotz aller betonten Harmlosigkeit mit einem leisen Mißklang, und Felizitas drängte bald, nachdem der Kaffee gereicht war, zum Aufbruch. Sie wollte wieder zu Fuß zum Heidehof zurück, aber das litt Rolf Walberg nicht, sondern ließ den Jagdwagen anspannen, um Felizitas selbst nach Hause zu fahren.

»Wenn Sie so viele Umstände mit mir machen, kann ich so bald nicht wieder nach Neulinden kommen«, wandte sie lächelnd ein.

»Aber heute ist doch ein besonderer Festtag, der entsprechend gefeiert werden muß«, scherzte Rolf.

»Was für ein Festtag?« fragte Felizitas, die nicht zu verstehen schien.

»Nun, das Fest der Thronbesteigung der Herrin vom Heidehof«, sagte er mit drolliger Feierlichkeit.

Felizitas lachte. »Dann müssen Sie mir aber auch das Recht zugestehen, dies außerordentliche Fest gebührend zu feiern, und so lade ich Judith und Sie morgen mittag nach dem Heidehof, dann sind hüben und drüben die offiziellen Feste zur Einleitung einer guten Nachbarschaft erledigt, und der Alltag tritt wieder in sein Recht. Wir verkehren dann ganz schlicht und ohne Umstände miteinander.«

»Einverstanden!« erklärte Rolf Walberg und bot Felizitas den Arm, um sie zu dem inzwischen vorgefahrenen Wagen zu führen. In fröhlicher Stimmung fuhren die drei zum Heidehof, wo sich Fee mit einem weiteren »Auf Wiedersehen!« von den Geschwistern verabschiedete.

Am nächsten Tag war Felizitas schon vom frühen Morgen an tätig, um alles für eine festliche Mahlzeit für ihre Gäste zu rüsten. Lisbeth und Mutter Reimer gingen ihr eifrig dabei zur Hand.

Ihr Herz war heute voll köstlicher, froher Erwartung. Sie sollte Rolf Walberg wiedersehen. Und er hatte ihr gestern so warm und tief in die Augen geblickt. Da schien ihr die ganze Welt noch einmal so schön.

Als dann das Festmahl so weit fertig war, daß sie die Sorge darum Mutter Reimer und Lisbeth überlassen konnte, legte Fee noch die letzte verschönernde Hand an die gedeckte Tafel und ging dann hinauf, um sich umzukleiden.

Gerade als sie damit fertig war und die Treppe herunterkam, hörte sie draußen einen Wagen vorfahren. Sollten das schon ihre Gäste sein? Sie sah nach ihrer Taschenuhr, an der noch immer der kleine goldene Schlüssel befestigt war. Nein, es fehlte noch gut eine halbe Stunde an der verabredeten Zeit.

Da kam auch schon Lisbeth eilig herbei, um die Türe zu öffnen. Im Rahmen derselben erschien Richard Wernher. Erfreut kam ihm Fee über die Diele entgegen.

»Sie, Herr Doktor?« rief sie aus, ihm die Hand entgegenstreckend.

Er zog sie an seine Lippen. »So bald haben Sie mich wohl nicht erwartet, mein gnädiges Fräulein?«

»Allerdings nicht! Aber um so mehr freue ich mich über Ihren Besuch. Kommen Sie mit in mein Wohnzimmerchen.«

Nachdem er abgelegt hatte, folgte er ihr, und sie nahmen Platz.

»Mich führt hauptsächlich die Sorge um Sie nach dem Heidehof«, begann er die Unterhaltung.

»Was mache ich Ihnen denn für Sorge, Herr Doktor?« fragte Felizitas.

Er sah ihr ernst in die Augen. »Sie wissen ja, daß sich das Testament nicht gefunden hat. Ich habe manche Auseinandersetzungen mit meinen Eltern gehabt, die aber zu keinem Ergebnis führten. Wie die Dinge liegen, würden Sie um keinen Preis irgendeine Entschädigung von meinem Vater annehmen?«

»Nein, das würde ich auf keinen Fall tun«, erwiderte sie stolz und abweisend.

Er nickte. »Das wußte ich, ehe Sie es mir sagten. Aber

nun bin ich gekommen, um Ihnen mitzuteilen, daß ich wenigstens schnellstens die dreißigtausend Mark an Sie zurückzahlen werde, die Sie mir geliehen haben!«

Felizitas schüttelte lächelnd den Kopf.

»Auf diese dreißigtausend Mark habe ich keinen Anspruch. Ich bekam sie von Onkel Karl und muß Ihnen wohl nun auch sagen, auf welche Weise.«

Und so erzählte sie ihm, wie es sich mit seinem Darlehn verhielt, über das sie sogar einen förmlichen Schuldschein ausgestellt hatte.

»Ich verpflichtete mich auf diesem Schein, das Geld an ihn oder an seine Erben zu zahlen. Das war zwar von Onkel Karl nur ein Scherz, weil er in mir selbst seine Erbin sah. Aber da ich seine Erbin nicht bin, sondern Ihr Herr Vater, schulde ich diesem die dreißigtausend Mark. Sie müssen das Geld folglich Ihrem Herrn Vater zurückgeben«, schloß sie.

Er schüttelte energisch den Kopf. »Sie irren, ich habe das Geld von Ihnen erhalten und werde es nur Ihnen zurückzahlen. Der Schuldschein war ein Scherz und Onkel Karl hat ihn sicher sogleich vernichtet, sonst wäre er jetzt, als nach dem Testament gesucht wurde, gefunden worden.«

Felizitas strich sich über die Augen. »Der Schuldschein befand sich mit Onkels Testament in der Brautschatzkassette. Ich war dabei, als er ihn hineinlegte.«

Richards Gesicht wurde sehr ernst, dann sagte er ruhig und bestimmt: »Nun gut, wenn das Testament mit dem Schuldschein zusammen verschwunden oder vermißt ist, so ist er ebensowenig gültig, wie das Testament gültig sein soll. Ich werde demnach dafür sorgen, daß mein Vater diesen Schuldschein als nicht vorhanden ansieht, wie Sie das Testament als nicht vorhanden betrachten. Ich schulde

Ihnen also dreißigtausend Mark und werde sie Ihnen ordnungsgemäß zurückerstatten.«

»Und ich werde sie ebenso ordnungsgemäß an den Erben Onkel Karls zurückgeben«, sagte sie bestimmt, und Richard Wernher hatte das Gefühl, daß hier alle seine Gegengründe umsonst waren. Er seufzte.

»Das alles bedrückt mich sehr, Fräulein Felizitas! Können Sie sich nicht denken, wie quälend es für mich sein muß, daß irgendein unglücklicher Zufall Sie um alles bringt, was Ihnen Onkel Karl zugedacht hatte, und daß Sie nun in so drückende Verhältnisse geraten sind?«

Sie schüttelte den Kopf. »Meine Verhältnisse sind ja gar nicht so drückend, Herr Doktor! Ich werde mir hier auf dem Heidehof eine ganz auskömmliche Existenz gründen.«

»Das ist für Sie aber doch eine sehr schwere Aufgabe, der Sie kaum gewachsen sein dürften. Verzeihen Sie meine Offenheit, aber sie entspringt meiner Sorge um Sie.«

Ernst sah sie in seine Augen. »Sie trauen uns Frauen so wenig zu, Herr Doktor! Diesen Fehler haben Sie auch Judith gegenüber begangen. Weil sie in Glanz und Wohlleben aufgewachsen ist, glaubten Sie ohne weiteres, sie sei untüchtig für den Lebenskampf an Ihrer Seite. Und das war ein Irrtum. Judith ist eine in sich gefestigte Natur. Sie hat sich ohne weiteres in Neulinden eingewöhnt und hätte sich auch in bescheidenen Verhältnissen an Ihrer Seite glücklich gefühlt. Daß Sie ihr diese Tüchtigkeit nicht zutrauten und sie einfach freigaben, hat ihren Stolz verletzt. Sie nimmt ganz sicher an, daß Sie ihr nur die Freiheit zurückgaben, weil Sie sich selbst nicht mit einer armen Frau belasten wollten.«

Er fuhr auf. »Das kann Judith nicht glauben, dafür kennt sie mich zu gut!«

»Das haben Sie mir schon einmal gesagt. Aber Judiths ganzes Verhalten Ihnen gegenüber läßt darauf schließen, daß ich recht habe. Sie ahnt ja freilich nicht, daß ich um ihre früheren Beziehungen zu Ihnen weiß, ich habe Ihnen Stillschweigen gelobt. Aber bei dieser Gelegenheit möchte ich Sie bitten, mir zu gestatten, Judith gegenüber dieses Stillschweigen zu brechen, wenn ich es einmal für nötig halten sollte.«

Er schien zu überlegen, dann sagte er: »Das gestatte ich Ihnen selbstverständlich, Fräulein Felizitas. Aber ich glaube, Sie befinden sich über Judith Walberg in einem großen Irrtum. Wenn sie in Not und Armut hätte zu mir stehen wollen, weiß Gott, es hätte mich namenlos beglückt. Aber sie gab mich ohne jedes Zögern frei, so daß ich annehmen mußte, daß sie nur darauf gewartet hatte. Ich mache ihr auch nicht einmal einen Vorwurf daraus. Sie ist für enge Verhältnisse nicht geschaffen. Außerdem wird sie sich sehr bald mit Herrn Dürrkopp verloben. Er soll häufig in Neulinden Gast sein.«

»Das beweist gar nichts. Wenn Judith aber wirklich seine Bewerbung annähme, dann würde sie es nur aus verletztem Stolz tun, weil sie sich von Ihnen verschmäht glaubt. Das ist meine Ansicht.«

Er sprang auf und ging erregt hin und her.

»Wenn ich das glauben könnte, wenn ich Gewißheit hätte!«

»Warum verschaffen Sie sich diese Gewißheit nicht, Herr Doktor? Sie sind doch jetzt der Sohn eines reichen Mannes, abgesehen davon, daß Sie sich durch Ihre Erfindung bald selbst ein Vermögen geschaffen haben werden. Sie können also jetzt sehr wohl um eine Frau werben, die dem Leben anspruchsvoll gegenübersteht.«

Er blieb vor ihr stehen und sah düster auf sie hinab. »Ich

sage Ihnen nochmals: Mit einem Mann wie Dürrkopp möchte ich nicht rivalisieren.«

»Und wenn Judith ihn abweist, wenn sie lieber bei ihrem Bruder bleibt und dort arbeitet von früh bis spät, als sei sie es nie anders gewöhnt gewesen, werden Sie auch dann noch an ihr zweifeln?«

Er ließ sich wieder in seinen Sessel nieder und stützte den Kopf auf die Hand. »Wenn sie Dürrkopp abweisen würde, dann, ja dann würde ich mich vielleicht dazu verstehen können, noch einmal um sie zu werben; vielleicht, ich weiß es noch nicht; ich kann heute noch nicht für mich selbst einstehen.«

»Aber Sie lieben Judith doch, nicht wahr?«

Er sah Felizitas mit einem Blick an, der ihr ans Herz griff. »Ich werde nie aufhören, sie zu lieben, nie!«

Fees Augen leuchteten warm. »Dann gebe ich auch die Hoffnung nicht auf, daß sich noch alles zwischen Ihnen und Judith zum Besten wendet. Übrigens, wenn Sie mir das Vergnügen machen wollen, heute mittag mein Gast zu sein, dann können Sie mit Judith Walberg und ihrem Bruder zusammentreffen. Ich erwarte sie um zwei Uhr.«

Er sah nach der Uhr. »In zehn Minuten also; dann ist es am besten, ich empfehle mich gleich», sagte er hastig.

»Nein, Herr Doktor. Ich fände es viel besser, wenn Sie bleiben würden.«

Unsicher sah er sie an. »Ich weiß nicht, ich möchte Ihnen keine Umstände machen und —«

Er sprach nicht weiter. Seine Lippen preßten sich fest zusammen.

Sie wollte ihm so gern helfen und zwang sich zu einem Lächeln. »Nein, Herr Doktor, für feige will ich Sie nicht halten! Sie müssen einfach bleiben! Unter guten Freunden spricht man überhaupt nicht von Umständen. Und ich darf Sie doch zu meinen guten Freunden rechnen?«

Sie war wieder sehr ernst geworden während dieser Worte.

Er nahm ihre Hand fest und warm in die seine. »Ja, das dürfen Sie, Fräulein Felizitas. Ich hoffe, Ihnen beweisen zu können, daß auch ich Ihr treuester, ehrlichster Freund bin.«

»Ich habe ein Gefühl, als sähe Onkel Karl jetzt mit seinem lieben, guten Lächeln auf uns herab. Ich glaube, er würde sich doch freuen.«

Dann lauschte sie hinaus. »Da kommen meine Gäste, lieber Herr Doktor! Der Rückzug ist Ihnen also abgeschnitten. Nun fügen Sie sich mit guter Miene ins Unvermeidliche.«

Er sah sie warm und herzlich an. »Sie wissen ja besser, als ich es Ihnen sagen kann, daß ich mich nur zu gern in dieses Unvermeidliche füge.«

In diesem Augenblick ließ Lisbeth Rolf Walberg und seine Schwester in die Diele eintreten.

Felizitas entschuldigte sich bei Richard und ging hinaus, um die Geschwister zu begrüßen.

Sie tat es in herzlichster Weise und sagte scheinbar harmlos: »Sie sind heute nicht meine einzigen Gäste. Doktor Wernher hatte mit mir in der Erbschaftsangelegenheit zu verhandeln, und ich habe ihn gebeten, zu Tisch zu bleiben.«

Judiths Gesichts wurde blaß und nahm einen stolzen, kalten Ausdruck an, aber Rolf sagte scheinbar unbefangen: »Das ist sehr erfreulich, mein gnädiges Fräulein.«

Sie betraten das Wohnzimmer, und Rolf und Richard begrüßten sich freundschaftlich wie immer.

Dann verneigte sich Richard vor Judith. Sie hatte Zeit

gehabt, sich zu fassen. Kühl erwiderte sie seinen Gruß, ohne ihm die Hand zu reichen.

Felizitas bat gleich zu Tisch, wo Lisbeth inzwischen für Doktor Wernher noch ein Besteck aufgelegt hatte. Die kleine Tafel war reizend mit blühendem Heidekraut geschmückt. Der helle Sonnenschein spiegelte sich in dem blitzenden Tischgerät. Die Fenster standen weit offen. Luft und Sonne füllten den behaglichen Raum.

Und die junge Herrin des Heidehofes spielte in entzückender Weise die Hausfrau. Man tat ihrer Kochkunst alle Ehre an und kam bald in lebhaftes Plaudern.

Richard und Judith vermieden es freilich, das Wort aneinander zu richten, wo es sich nur umgehen ließ, was besonders Rolf Walberg auffiel. Er beobachtete überhaupt, obwohl er heiter und vergnügt plauderte, die beiden Menschen sehr scharf. Judiths abwehrendes, fast schroffes Verhalten und ihre zu stark betonte Gleichgültigkeit verrieten ihm ebenso wie Richards innere Unruhe, daß zwischen den beiden irgend etwas spielte.

Wie jetzt die Dinge lagen, konnte er sich als Bruder keine erwünschtere Partie für seine Schwester denken als Richard Wernher, den er schon seiner Charaktereigenschaften wegen sehr hochschätzte. Was mochte zwischen ihm und Judith vorgefallen sein?

Mitten aus seinen Gedanken heraus erhob er sich plötzlich und schlug lächelnd an sein Glas:

»Ich kann es mir nicht versagen«, begann er, »den Empfindungen Worte zu verleihen, die mich bei diesem heiteren Mahl erfüllen. Die junge Herrin des Heidehofes, deren ›Thronbesteigung‹ wir heute festlich begehen, ist mir schon immer als ein Ideal weiblicher Vollkommenheit erschienen. Aber wie sie jetzt tapfer und unverzagt den Kampf mit dem Leben aufnimmt, wie sie einer schweren

Schicksalsfügung stolz und ruhig standhält, das muß uns alle mit Bewunderung erfüllen. Ich muß gestehen, daß ich erst in letzter Zeit gelernt habe, Frauenmut und Frauentüchtigkeit so zu schätzen, wie sie es verdienen.

Ich muß dabei auch meiner Schwester gedenken. Auch sie ist aus den gewohnten Verhältnissen gerissen und vor den Lebenskampf gestellt worden, ohne Übergang, ohne Vorbereitung, wie Fräulein Rogga auch. Und wie haben sich diese beiden Frauen ins Unvermeidliche gefügt! Meine Schwester ist mir ein treuer Arbeitskamerad geworden, und ich bin stolz auf sie. Mancher Mann könnte von diesen beiden Frauen lernen. ›Wollen, was sie müssen‹, das haben sie sich aufs Papier geschrieben. Ehre solchen Frauen! Wir wollen unsere Gläser leeren auf ihr Wohl und darauf, daß ihnen das Schicksal gibt, was sie verdienen: ein reiches, volles Glück. Ich spreche aus meinem tiefsten Herzen heraus. Hoch die stolzen, tüchtigen Frauen!«

Die Gläser klangen hell aneinander. Felizitas Augen glänzten feucht, während Judith mit keiner Miene verriet, was in ihr vorging.

Als man wieder Platz genommen hatte, meinte Richard Wernher: »Du hast mir aus der Seele gesprochen, Rolf, denn wir Männer sind alle zu sehr darauf eingestellt, die Frauen vor jedem Kampf behüten zu wollen. Vielleicht sind deshalb auch die Frauen so wenig für den Kampf erzogen worden.«

Er hatte kaum ausgesprochen, als Judith, die bisher sich nur wenig an der Unterhaltung beteiligt hatte, mit herausfordernder Schärfe sagte: »Wer an die Frau nicht als an eine tapfere Lebenskameradin zu glauben vermag, der ist in meinen Augen einer solchen Kameradin auch nicht wert!«

Dabei waren ihre blitzenden Augen fest auf Richard Wernher gerichtet. Aber er hielt ihren Blicken stand.

Felizitas war es, die dem Gespräch rasch eine andere Wendung gab. In Richard und Judiths Herzen zitterte aber die Erregung nach, und Richard fragte sich im stillen, ob er Judith doch nicht zu klein eingeschätzt hätte. Hatte er nicht ohne weiteres geglaubt, sie sei unfähig, sich im Lebenskampf an seiner Seite zu behaupten? Mußte das ihren Stolz nicht verletzen? Durfte sie ihn dann halten, als er sie freigab? Und wie konnte er sie in diesem Fall überzeugen, daß ihn nur die Angst und Sorge um sie getrieben hatte, sie freizugeben?

Alls Fee die Tafel aufgehoben hatte, begab man sich hinüber ins Wohnzimmer, während Lisbeth den Tisch abräumte.

Mit eigener Hand bereitete Fee auf der silbernen Maschine den Kaffee für ihre Gäste und bestand darauf, daß die Herren sich zur Erhöhung der Behaglichkeit eine Zigarette anzündeten.

Judith war durch die offene Tür hinaus auf die kleine Veranda getreten. An die Brüstung gelehnt, sah sie mit brennenden Augen über die blühende Heide, die wie ein bläulichrotes Meer im Mittagssonnenschein lag.

Dr. Wernher ging ihr nach einer Weile nach. Fee folgte den beiden mit den Augen, während Rolf zu ihr an den kleinen Tisch trat, auf dem die Tassen zum Auftragen bereitstanden.

»Darf ich Ihnen ein wenig zur Hand gehen, gnädiges Fräulein?« fragte er und reichte ihr eine der Tassen, um sie füllen zu lassen, und dann fuhr er mit gedämpfter Stimme fort: »Sie haben ein hervorragendes Talent, es Ihren Gästen behaglich zu machen. Ich finde es reizend im Heidehof.«

»Das freut mich sehr. So darf ich hoffen, Sie mit Judith bald wieder hier begrüßen zu dürfen.«

Er nahm ihr die gefüllte Tasse ab und stellte sie auf ein Tablett. Dann küßte er ihr die Hand. »Eigentlich beschämt mich Ihre Liebenswürdigkeit. Wissen Sie, daß ich im Grunde ein ganz schlechter Mensch bin?»

Erstaunt sah sie zu ihm auf, während er in einem Gemisch von Ernst und leiser Selbstironie fortfuhr: »Jawohl, das bin ich, und ich muß heute Ihre gute Meinung über mich zerstören und Ihnen eine Beichte ablegen. Sie nehmen sicher an, daß ich Sie, wie es wohl alle Ihre Freunde tun, herzlich bemitleidete, weil Sie um das große Erbe Ihres Pflegevaters gekommen sind. Aber darin irren Sie sich! Ich habe sogar in meinem schwarzen Herzen eine innige Freude daran gehabt. Das mußte ich Ihnen einmal gestehen.«

Sie schüttelte den Kopf und verstand ihn nicht.

Ein wenig unsicher, aber mit heißen Augen sah er sie an. »Können Sie es sich wirklich nicht denken, warum ich mich freute? Frauen sind doch sonst so scharfblickend.«

»Nein, ich habe keine Ahnung«, sagte sie. Aber das Herz klopfte schneller.

Er atmete tief auf. »Nun, als Sie noch als die reiche Erbin galten, fühlte ich mich Ihnen gegenüber sehr kleinmütig. Wissen Sie so . . . ›eine Hoheit, eine Würde entfernte die Vertraulichkeit‹! Sie verstehen mich vielleicht immer noch nicht, aber genau kann ich Ihnen das jetzt nicht erklären. Ich weiß nur, daß ich jetzt sehr froh und glücklich bin, daß Sie die Herrin vom Heidehof sind; nichts als das und daß ich den Heidehof von meinem Fenster aus sehen kann.«

Fee war sehr rot geworden, und in ihrem Herzen jubelte

es laut, denn sie glaubte, ihn zu verstehen. Aber sie bezwang sich und sagte mit halb schelmischem, halb verwirrtem Lächeln: »Ich glaube, es ist gut, wenn wir hinausgehen. Judith und Doktor Wernher scheinen sich in allen Sprachen der Welt auszuschweigen.«

»Sie sagen das so bedeutungsvoll, gnädiges Fräulein. Habe ich Sie recht verstanden?«

Mit einem ernsten Ausdruck sah sie ihn an. »Ja, Herr Walberg. Die beiden Menschen da draußen haben sich verfahren und können, wie es scheint, den rechten Weg nicht wiederfinden.«

Sie sah zu den beiden hinaus. »Sie vermuten auch, daß zwischen Judith und Doktor Wernher irgend etwas Besonderes spielt?« fragte er dann, ihr seine Augen wieder zuwendend.

Sie füllte langsam die anderen Tassen. »Ihnen kann ich es ja sagen, Herr Walberg, ich vermute es nicht nur, sondern ich weiß es!«

Überrascht sah er sie an. »Wollen Sie mich nicht einweihen?«

Sie schüttelte den Kopf. »Ich kann Ihnen nur so viel sagen, daß zwei Menschen sehr glücklich sein könnten, wenn sie nicht aus verletztem Stolz eine Schranke zwischen sich aufgebaut hätten. Und ich hoffe, daß Sie mir ein wenig helfen können, diese Schranke niederzureißen.«

Er nickte eifrig. »Ich werde mir doch keine Gelegenheit entgehen lassen, als Ihr Bundesgenosse Ihnen zu sekundieren!«

»So kommen Sie, Herr Walberg. Das Schweigen da draußen ist bedrückend.«

Sie setzte schnell die gefüllten Tassen auf das Tablett und ging vor ihm her. Er folgte ihr.

Judith hatte stumm an der Brüstung gestanden, als Richard zu ihr getreten war und sie leise beim Name genannt hatte. Sie war zusammengezuckt. Aber sich schnell fassend, hatte sie ihm dann ihr blasses Gesicht zugewandt. Ihre Augen hatten ihn stolz und kalt angeblickt. »Herr Doktor — ich heiße Fräulein Walberg.«

Weiter hatte sie nichts gesagt. Aber diese wenigen Worte hatten ihn wie ein Schlag getroffen und verstummen lassen. Schweigend hatte er sich verneigt und war von ihr fortgetreten.

»Frischer Mokka, meine Herrschaften, köstlich duftender, frischer Mokka! Bitte bedienen Sie sich!« rief Rolf Walberg scheinbar unbefangen in die schwüle Stimmung hinein und sorgte, von Fee unterstützt, dafür, daß bald wieder eine allgemeine Unterhaltung in Fluß kam. Im Laufe dieser wandte er sich an seinen Freund und sagte: »Weißt du auch, Richard, daß du mir schon lange einen Besuch schuldig bist! Wie wäre es mit dem nächsten Sonntag?«

»Wenn ich hoffen darf, deinem Fräulein Schwester nicht lästig zu werden, komme ich gern!«

Einen Augenblick flogen seine Augen zu Judith hinüber. »Die Gäste meines Bruders fallen mir niemals lästig, Herr Doktor«, sagte sie kühl.

Rolf und Fee wechselten verstohlen einen heimlichen Blick. Sie empfanden es beide, daß nur ein besonderer Grund Judith veranlassen konnte, sich in dieser fast unhöflichen Art der Einladung ihres Bruders anzuschließen.

»Also auf nächsten Sonntag! Wir erwarten dich zu Tisch, Richard! Fräulein Rogga, Sie kommen doch auch, damit wir wieder wie heute eine nette kleine Tafelrunde bilden?«

Fee lächelte ihm zu. »Ich komme sehr gern, der Sonntag ist ja in Zukunft der einzige freie Tag für mich!«

Dann wandte sich Richard an Fee. »Halten Sie wirklich an Ihrem Plan fest, hier eine Meierei in Betrieb zu setzen, Fräulein Felizitas?«

»Ja, Herr Doktor, ich wüßte nicht, wie ich mir auf andere Art eine annehmbare Existenz gründen sollte.«

»Du brauchst dir keine Mühe zu geben, das gnädige Fräulein anderen Sinnes zu machen, Richard. Sie hält mit zäher Beharrlichkeit daran fest«, warf Rolf ein.

Richard schwieg einen Augenblick, dann sagte er entschlossen: »Und ich werde nicht aufhören, nach dem Testament zu forschen, Fräulein Felizitas. Und wenn meine Eltern sich, wie ich fürchte, nicht abhalten lassen werden, das Erbe anzutreten und in Onkel Karls Haus übersiedeln, dann werde ich dies Haus nur in der Hoffnung betreten, das Testament zu finden.«

Fee schüttelte den Kopf.

»Sparen Sie sich die vergebliche Mühe, Herr Doktor! Das Testament ist wohl längst vernichtet worden. Ich bin fest davon überzeugt!« Und geschickt brachte sie das Gespräch auf ein anderes Thema, bis sich ihre Gäste nach einem halben Stündchen angeregten Plauderns verabschiedeten.

X

Das hatte der reiche Fabrikbesitzer Dürrkopp sich nicht träumen lassen, daß er sich von der schönen Judith Walberg einen Korb holen würde, als er in seinem eleganten Auto am anderen Tag nach Neulinden hinausfuhr.

Aber es war so. Judith schlug, ohne mit der Wimper zu zucken, seine Hand aus und damit all den Glanz und Reichtum, den er ihr huldigend zu Füßen legen wollte. Und auch ihr Bruder hatte nur die Achseln gezuckt und gemeint, seine Schwester sei Herrin ihres Schicksals, und er könne dem armen Dürrkopp nur raten, sich mit Würde ins Unvermeidliche zu schicken.

Von dem allen wußte Richard Wernhar noch nichts, als er sich am nächsten Sonntag in Neulinden einfand. Fee war schon eine Weile früher eingetroffen und kam ihm mit den Geschwistern entgegen. Rolf begrüßte den Freund in seiner warmen, herzlichen Art, und auch Judith zwang sich zu einer kühlen Freundlichkeit.

Richard folgte ihr mit verstohlenen Blicken. Wie selbstverständlich sie sich dem einfachen Rahmen dieser Häuslichkeit angepaßt hatte, ohne daß ihrer stolzen Erscheinung in dem schlichten schwarzen Kleid Abbruch getan worden wäre.

Kurz bevor man zu Tisch ging, entschuldigte sie sich für einige Minuten und verließ das Zimmer.

Rolf wandte sich mit einem Lächeln an den Freund. »Du wunderst dich wohl, Richard, daß Judith es ganz selbstverständlich findet, selbst nach der Küche zu sehen? Du kennst sie ja nur als große Dame in dem glänzenden Rahmen unseres Vaterhauses.«

Richard nickte. »Ja, ich staune und gestehe, daß ich es nicht für möglich gehalten hätte, daß deine Schwester sich so leicht in die veränderten Verhältnisse fügen würde.«

»Offen gesagt, ich auch nicht«, erwiderte Rolf und warf dabei Fee einen bedeutsamen Blick zu, den sie wohl verstand, und fuhr dann fort: »Ich war selbst der festen Überzeugung, daß Judith sich hier kaum wohl fühlen und die erste beste Gelegenheit ergreifen würde, mir wieder davonzufliegen. Aber ich habe mich geirrt. Dieser Tage bot sich ihr eine glänzende Gelegenheit. Der reiche Dürrkopp hielt um ihre Hand an. Aber sie hat ihn glatt abgewiesen, ohne sich eine Sekunde zu bedenken.«

Ein helles Leuchten brach aus Richards Augen. »Sie hat ihn abgewiesen?« wiederholte er, in Gedanken verloren.

»Ja, gottlob. Dürrkopp konnte es freilich nicht fassen und meinte noch im Gehen: Wenn Sie es nur nicht bereuen werden! Aber da kennt er meine Schwester schlecht.«

Fee sah Rolf mit strahlenden Augen an und sagte: »Das habe ich von Judith nicht anders erwartet, sie verkauft sich nicht, auch nicht um Millionen!«

Rolf nickte ihr zu. »Sie haben recht, gnädiges Fräulein. Aber ich habe doch gestaunt, mit welcher Selbstverständlichkeit meine Schwester die bescheidenen Verhältnisse in Neulinden den Aussichten, die ihr Dürrkopp bot, vorzog. Man muß bedenken, wie verwöhnt sie war. Aber ich bitte Sie, meine Schwester nicht merken zu lassen, daß ich geplaudert habe. Es würde ihr peinlich sein. Doch sie gehören ja beide zu unsern besten Freunden, und die Gelegenheit ergab es so.«

Dabei sah er Fee an, als wollte er sagen: Du weißt, weshalb ich es tat.

Und sie neigte leise das Haupt, als wollte sie ihm das bestätigen.

Richard konnte nichts mehr erwidern, denn Judith kam zurück und bat zu Tisch. Aber in seiner Seele war seit langer Zeit wieder ein frohes Hoffen aufgekeimt. Jetzt hatte er die Gewißheit, daß nur ein Mißverständnis zwischen ihm und Judith stand. Und dieses Mißverständnis mußte sich beseitigen lassen!

Nie war ihm Judith so lieb erschienen wie heute als einfache Hausfrau von Neulinden.

Nach Tisch besichtigte man gemeinsam die Wirtschaft, und Richard hoffte vergeblich auf einen Augenblick des Alleinseins mit Judith. Sie vereitelte geschickt seine Absicht, und wenn sie ihn damit quälen wollte, so erreichte sie ihren Zweck vollständig. Heißer als je zuvor brannte in seinem Herzen die Liebe zu ihr, und er wußte, daß nur sie seines Lebens ganzes Glück sein würde.

Erst als die Teestunde vorüber war, ließ Rolf Walberg seine Gäste fort. Die beiden Herren begleiteten Fee bis zum Heidehof, und dann brachte Rolf den Freund bis zu dem kleinen Stationsgebäude.

Mit einem »Auf Wiedersehen am nächsten Sonntag!« schieden sie.

Wochen waren seitdem vergangen. Richards Fabrik hatte einen erfreulichen Aufschwung genommen, so daß er sich schon jetzt zu einer Vergrößerung seines Betriebes genötigt sah.

Sein Werk forderte natürlich all seine Kräfte, und er war vom frühen Morgen bis in die Nacht hinein tätig; aber was eines andern Kraft völlig erschöpft hätte, spornte ihn nun an, mehr und mehr zu leisten.

Und eines fühlte er schon jetzt mit froher Siegessicherheit: Er würde sein Ziel erreichen, würde aus eigener Kraft imstande sein, einer Frau ein sorgloses Dasein zu bereiten.

Diese Gewißheit gab ihm eine innere Freudigkeit, die ihm nicht einmal der Umstand trüben konnte, daß er Judith noch nicht einen Schritt nähergekommen war. Sie stand ihm noch immer kühl, fast feindlich gegenüber, wenn er mit ihr zusammentraf. Und das geschah fast jeden Sonntag, entweder in Neulinden oder im Heidehof.

Es war ihm noch nicht gelungen, ein Alleinsein mit ihr herbeizuführen. Aber trotzdem war er nicht mutlos und verzagt. Bei all ihrer Kälte fühlte er, daß sie ihn noch immer liebte, daß sie ihm nur zürnte, weil sie sich aus egoistischen Gründen von ihm aufgegeben wähnte und daß sie niemals ihre Hand ohne ihr Herz verschenken würde.

Er wußte auch, daß er in Fee eine stille, treue Bundesgenossin hatte, auf die er sich unbedingt in allen Fällen verlassen konnte.

Über seiner Arbeit und seinen sonntäglichen Besuchen auf dem Land hatte er seine Eltern in letzter Zeit stark vernachlässigt. Meist speiste er in einem Gasthaus und kam abends erst zu später Stunde heim, da ihn die Arbeit in seinem Büro festhielt. So sah er die Eltern nur selten.

Eines Sonntagmorgens saß er aber doch mit ihnen zusammen beim Frühstück, und da nahm er mit Schrecken wahr, wie sehr sich seine Mutter verändert hatte. Sie sah elend und verfallen aus, und ihre Augen glühten wie im Fieber.

Erschrocken fragte er sie: »Was ist dir, Mutter? Bist du krank?«

Sie schüttelte den Kopf und sah mit ihren unruhigen Augen an ihm vorbei. »Ach nein, krank bin ich nicht, Richard, nur ein wenig matt und müde. Die viele Aufregung in letzter Zeit hat mich nervös gemacht. Das wird schon alles wieder gut werden«, sagte sie.

»Mutter hat sich noch immer gesorgt, daß uns das Erbe verlorengehen könnte«, erklärte der Vater. »Aber nun ist uns die Erbschaft ja gerichtlicherseits zugesprochen, und wenn wir wollen, können wir schon nächste Woche in Onkel Karls Haus übersiedeln.«

Richard sah nachdenklich vor sich hin. »Ich werde mir dann in der Nähe meines Betriebs eine Wohnung mieten. Das ist das bequemste für mich.«

Frau Emilie fuhr erschrocken auf. »Du willst nicht mit uns in Onkel Karls Haus übersiedeln?«

»Nein, Mutter!«

»Aber wozu haben wir denn das große Haus?«

Er sah seine Mutter ernst und ruhig an. »Ich würde mich dort nie wohl fühlen, Mutter, weil ich weiß, daß es gegen den Willen des Verstorbenen ist!«

Damit kam er aber bei seinem Vater schlecht an. »Wie kannst du nur solche Torheiten reden?« fuhr er auf. »Die Erbschaft ist mir in aller Form zugesprochen worden.«

»Allerdings, Vater. Aber trotzdem habe ich das Gefühl, als müsse Onkel Karls Geist auf der Schwelle stehen und euch den Einzug wehren.«

Frau Emilie zuckte zusammen und wurde leichenblaß. »Du erschreckst einen ja, Richard!« rief sie mit bebender Stimme, und der Vater sekundierte ihr.

»Mutter hat recht, Richard. Woher willst du denn wissen, daß Onkel Karl uns den Einzug wehren würde. Ich bin fest davon überzeugt, daß er das Testament vernichtet hat, um mich als Haupterben einzusetzen.«

»Ich aber bin ebenso fest davon überzeugt, daß nur Fräulein Rogga die rechtmäßige Erbin nach dem Willen des Verstorbenen ist.«

»Das Gesetz ist für uns, und damit basta! Wir hätten uns zufriedengeben müssen, wenn sich das Testament gefunden hätte und Fräulein Rogga als Erbin Onkel Karls erklärt worden wäre; so mag sie sich nun auch damit zufriedengeben, daß wir die Erben sind. Wenn sie übrigens eine Unterstützung annehmen will, gut, es soll mir nicht darauf ankommen.«

Mit einem seltsamen Lächeln sah Richard seinen Vater an. »In diesem Punkt wirst du keine Gelegenheit haben, deinen Edelmut leuchten zu lassen, Vater! Fräulein Rogga nimmt keinen Pfennig an, der ihr nicht von Rechts wegen zukommt.«

Georg Wernher zuckte phlegmatisch die Achseln. »Schön, dann nicht.«

Frau Emilie hatte während dieses Gesprächs düster vor sich hingestarrt. Richards Worte, es sei ihm, als ob Onkel Karls Geist auf der Schwelle stehen und ihnen den Einzug wehren würde, klangen ihr immer noch im Ohr.

Eine unheimliche Angst schüttelte sie. »Du willst also wirklich nicht mit in Onkel Karls Haus ziehen?« fragte sie ihren Sohn noch einmal.

»Nein, Mutter!«

»Was sollen denn wir beiden alten Leute allein in dem großen Haus? Du nimmst uns ja alle Freude an der Erbschaft, denn wenn sie dir nicht zugute kommt, was sollen wir damit?«

Richard nahm ihre Hand. Ihr Jammer rührte ihn. »Ich werde dieser Erbschaft gottlob nicht bedürfen, Mutter, denn ich werde bald mehr verdienen, als ich verbrauchen kann; sorge dich also nicht um mich!« Damit erhob er sich und verabschiedete sich von den Eltern.

Frau Emilie sank müde in sich zusammen und starrte wieder, wie jetzt so oft, geistesabwesend vor sich hin. Sollte sie umsonst ihre Seele mit Schuld beladen haben? Da drüben in ihrem Schlafzimmer wohlverborgen stand noch immer die geraubte Brautschatzkassette mit dem Testament. Manchmal wünschte sie jetzt, sie nicht entwendet zu haben. Das ersehnte Erbe hatte sich als Truggold erwiesen, es wurde wertlos in ihren Händen, weil es ihr Sohn stolz zurückwies. Für ihn allein hatte sie es ja getan.

In ihrer Seele war ein namenloser Jammer, die Reue brannte darin und zehrte mehr und mehr an ihren Kräften

Sie fand Tag und Nacht keine Ruhe. In ihren Träumen traten Karl Wernher und Maria Rogga an ihr Lager und forderten sie auf, das gestohlene Erbe herauszugeben.

Und nun fürchtete sie sich geradezu, in Karl Wernhers Haus einzuziehen. Sie sah ihn im Geiste auf der Schwelle seines Hauses stehen und ihr den Eingang wehren. Fieberhaft überlegte sie, wie sie den Einzug hinausschieben oder ganz vermeiden könnte.

Aber ihr Gatte konnte es kaum erwarten, als Herr dort einzuziehen, und über die Ansichten seines Sohnes lächelte er nur. »Laß mal, Mutter. Richard ist ein Schwärmer. Aber wenn er jetzt auch tut, als sei ihm die Erbschaft eine Last, eines Tages wird er anders darüber denken. Laß ihn nur erst einmal verheiratet sein und Kinder haben.«

Aber für Frau Emilie war das kein Trost.

Richard Wernher war in ernster Sorge um seine Mutter. »Du müßtest einen Arzt kommen lassen, Mutter«, redete er ihr an einem der nächsten Tage zu, »denn mir scheint, du bist ernstlich krank.«

Der Arzt kam auch, untersuchte Frau Emilie und sprach von nervösen Zuständen und großer Blutarmut. Er verordnete ihr Luftveränderung und einen mehrwöchigen Aufenthalt in einem Stahlbad.

Frau Emilie war seltsamerweise sogleich bereit, die Reise anzutreten, nur um den Einzug in das Wernhersche Haus hinauszuschieben. Ihr Gatte war auch einverstanden. »Natürlich, Emilie, du tust dir etwas zugute. Wir haben ja gottlob jetzt die Mittel!«

Und so beschloß Frau Emilie, sich zur Abreise in das Stahlbad zu rüsten. Ihr Gatte meldete sie brieflich in einem Sanatorium an, und am Abend vor ihrer Abreise erzählte er ihr, daß er während ihrer Abwesenheit die Übersiedelung in das Erbhaus vornehmen wolle.

Seine Frau erklärte sich schließlich auch damit einverstanden. Sie hoffte wirklich, daß sich mit der Kräftigung ihrer Nerven die Angstzustände verlieren würden. Die Brautschatzkassette mit dem Testament packte sie unten in ihren Koffer zwischen die Wäschestücke. Sie wollte sich nicht von ihr trennen.

Richard und sein Vater brachten die alte Dame auf den Bahnhof. Georg Wernher hatte seine Frau selbst in das Sanatorium bringen wollen, aber sie hatte es abgelehnt.

Und ihr war, als könne sie nun endlich einmal wieder frei atmen, weil sie sich nicht mehr vor Sohn und Gatten beherrschen und verstellen mußte.

XI

Felizitas Rogga hatte tatsächlich ihre Meierei in Betrieb gesetzt, und es herrschte jetzt auf dem sonst so stillen Heidehof ein lebhaftes Treiben. An Rolf Walberg hatte sie einen treuen Berater. Sein Weg führte ihn merkwürdig oft am Heidehof vorbei, um dort nach dem Rechten zu sehen. Diese kurzen Begegnungen warfen für die beiden jungen Menschen immer ein goldenes Licht über den ganzen Tag und nahmen einen immer innigeren Charakter an.

Wieder kam ein Sonntag. Fee machte sich fertig, um nach Neulinden hinüberzugehen, wo sie zum Mittagessen erwartet wurde. Sie hing den Hut an einem Band über den Arm, und zum Schutz gegen die Sonne spannte sie einen Sonnenschirm auf. So schritt sie frohen Mutes dahin. Der

Weg wurde ihr nicht lang, sah sie doch von Anfang an das Neulindener Gutshaus vor sich liegen.

Heute sollte sie ihn jedoch nicht allein zurücklegen. Als sie an dem alten Hünengrab vorüberkam, trat plötzlich hinter einem der mächtigen Wacholderbüsche Rolf Walberg hervor und sperrte ihr lachend den Weg.

»Gnädiges Fräulein, ich habe hier als Wegelagerer auf der Lauer gelegen, um Sie nach Neulinden zu geleiten.«

Er blitzte sie mit seinen lachenden Augen an und küßte ihre Hand, die sie ihm zum Gruß geboten.

Dann schritten sie eine Weile schweigend nebeneinander hin, ohne daß sie sich dessen bewußt wurden, denn ihre Seelen hatten sich soviel zu sagen.

»Wie ist es Ihnen ergangen in dieser Woche?« fragte er endlich.

Sie lachte leise. »Vorgestern haben wir uns doch zuletzt gesehen.«

»Mich dünkt es eine Ewigkeit, überhaupt immer nur diese flüchtigen Minuten und nie allein! Deshalb erwartete ich Sie hier.«

Er faßte ihre Hände. »Fee, süße, liebe Fee, lassen Sie mich endlich sprechen und Ihnen trotz Ihrer Trauerkleider sagen, wie lieb ich Sie habe! Fee, ich liebe Sie, solange ich Sie kenne! Wollen Sie mein werden, Fee?«

Sie sah mit leuchtenden Augen in die seinen, und er las, was er schon längst darin gelesen hatte, daß sie ihn liebte, so wie er geliebt sein wollte.

»Ich will, Rolf Walberg. Sie müssen es doch längst gemerkt haben, daß ich Ihnen von Herzen gut bin.«

Da zog er sie in seine Arme. »Fee, meine Fee!« jubelte er und preßte seine Lippen in langem, innigem Kuß auf die ihren. Dann zog er ihren Arm durch den seinen, und so schritten sie Seite an Seite über die Heide.

Und er sprach ihr von seiner Liebe.

»Und was wird Judith zu unserer Verlobung sagen?« fragte sie.

»Meinst du, daß sie davon überrascht sein wird?«

»Ich glaube nicht. Du hast dich in letzter Zeit sehr wenig beherrscht.«

»O du Schelm! Du hast natürlich gewußt, wie du mich quältest.«

Ihr Gesicht wurde ernst. »Nein, Rolf, quälen wollte ich dich ganz sicher nicht.«

Er nahm ihre Hand und drückte sie an seine Lippen. »Das weiß ich ja, Fee. Aber die Sehnsucht nach dir war so groß in mir!«

Kurz bevor sie Neulinden erreichten, sahen sie Richard Wernher von der Station herkommen und warteten auf ihn, um das letzte Stück Wegs gemeinsam zu gehen.

Als die drei das Haus betraten, kam ihnen Judith schon entgegen. Fee flog auf sie zu und umarmte und küßte sie, und Judith gab heute Kuß und Umarmung mit besonderer Herzlichkeit zurück. Dann sah sie mit einem seltsam forschenden Blick in Fees und des Bruders Gesicht. Sie las wohl allerlei darin, aber sie sagte nichts. Gleich darauf bat sie zu Tisch.

Kaum, daß die Suppe aufgetragen worden war, erhob sich Rolf und sagte mit bewegter Stimme:

»Meine liebe Schwester, mein lieber Freund Richard, ich habe euch eine Mitteilung zu machen, die euch hoffentlich freuen wird. Soeben habe ich mich mit Felizitas Rogga verlobt.«

Fee und Judith erhoben sich zu gleicher Zeit und schlossen sich innig in die Arme.

»Gott schenke dir ein reiches, volles Glück an meines

Bruders Seite, Fee, und bereite ihm ein solches. Er verdient es wie du«, sagte Judith bewegt.

Auch Richard hatte sich erhoben und beglückwünschte das Brautpaar herzlich. Dann setzte man sich wieder zu Tisch.

»Hat dich unsere Verlobung sehr überrascht, Judith?« fragte Rolf scherzend.

Sie lächelte. »Wie sehr ich überrascht bin, wird dir der Umstand verraten, daß ich bereits Sekt kaltstellen ließ, damit wir auf euer Wohl anstoßen können. Ich sah vom Fenster aus nach euch aus, weil ich wissen wollte, ob ich anrichten lassen könnte, und da sah ich euch über die Heide Arm in Arm daherkommen.«

Hell klangen die Gläser auf das Wohl des Brautpaares, und doch war dabei eine leise Wehmut in Judiths Herzen. Sie fühlte, nun kam die Zeit, da sie in Neulinden überflüssig wurde.

Als daher Fee mit Rolf wieder über den Heidehof und seine fernere Bewirtschaftung sprach, sagte sie kurz entschlossen: »Ich will euch einen Vorschlag machen. Laßt mich nach eurer Hochzeit den Betrieb des Heidehofs leiten. Ich könnte dann drüben wohnen, wenn Fee hier als Herrin einzieht. Dann bin ich ja doch in Neulinden überflüssig."

Rolf faßte ihre Hand. »Das bist du nie — niemals, Judith!«

Auch Fee wandte sich an die neue Schwägerin. »Nein, Judith, du mußt bleiben! Ich will dich doch um Gottes willen nicht vertreiben, und ich habe mich sehr auf das Zusammenleben mit dir gefreut.«

Judith schüttelte aber den Kopf. »Du vertreibst mich nicht, Fee, aber glaube mir, es ist besser so. Laßt mich den Heidehof verwalten, da weiß ich, daß ich zu etwas nütze bin. Hier würde ich mich überflüssig fühlen. Wir bleiben uns ja nahe genug. Ihr seid die Sorge um den Heidehof los, und ich habe ein Feld der Betätigung.«

Darauf blieb sie bestehen, und Rolf und Fee mußten nachgeben.

Nach Tisch nahm man den Kaffee draußen auf der Veranda ein. Fast wie von selbst machte es sich dann, daß das Brautpaar zusammen die Stufen zum Garten hinabging und Judith mit Richard Wernher allein ließ.

Eine Weile herrschte beklommenes Schweigen zwischen beiden, bis sich Richard Wernher aufraffte. Vielleicht würde ein solcher Augenblick des Alleinseins nie mehr kommen. Er mußte sprechen!

»Mein gnädiges Fräulein«, begann er, »ich muß Sie fragen, wie lange Sie mich noch so namenlos quälen wollen?«

Sie preßte die Hände ineinander. »Es hat keinen Zweck, Herr Doktor, daß wir an Vergangenes rühren. Geben Sie es doch auf! Was wollen Sie von mir?« stieß sie in unterdrückter Erregung hervor.

Seine Augen sahen sie mit einem Ausdruck an, daß sie all ihren Stolz zu Hilfe rufen mußte, um kalt und ruhig scheinen zu können.

»Was ich von Ihnen will, Judith? Ich will Sie bitten, lassen Sie vergessen sein, was trennend zwischen uns stand! Es waren ja nur äußere Verhältnisse, die uns trennten, nicht der Wunsch unserer Herzen. Ich ertrage es nicht mehr, Judith, daß Sie sich so stolz und kalt von mir abwenden. Werden Sie mir wieder, was Sie mir einst gewesen sind!«

Sie saß in sich zusammengesunken da und starrte mit brennenden Augen vor sich hin. Ihr Herz sprach für ihn, aber ihr Stolz gebot dieser Stimme zu schweigen. Er hatte sie verschmäht um ihrer Armut willen. Das konnte sie nicht vergessen.

Endlich richtete sie sich auf mit einem glanzlosen, erloschenen Blick. »Nein, Herr Doktor, ich kann es nicht!«

Er sprang auf und trat vor sie hin. »Warum nicht? Habe ich Sie so tief gekränkt, weil ich nicht den Mut hatte, Sie in Not und Elend mit mir zu reißen?«

Es zuckte bitter um ihren Mund. »Weil Sie selbst den Weg in Not und Elend fürchteten, weil Ihnen die arme Frau eine Last war!«

Er ballte die Hände zusammen. Sein Gesicht wurde sehr bleich. »An mich habe ich damals bei Gott nicht gedacht, nur an Sie!«

Sie schüttelte den Kopf. »Wenn ich das glauben könnte«, sagte sie müde. »Aber ich kann es nicht. Ich habe das Vertrauen verloren in der Stunde, da ich mich meiner Armut wegen von Ihnen aufgegeben sah. Und dies Vertrauen kann ich nicht wiederfinden. Lassen Sie mich — in mir ist alles wund und weh, alles zerrissen! Ich möchte endlich Ruhe haben vor Ihnen und vor mir selbst. Ich bitte Sie, kommen Sie nicht mehr nach Neulinden, solange ich noch hier bin; ich ertrage es nicht, immer wieder vor Fee und meinem Bruder Komödie zu spielen. Begreifen Sie doch, wie mich das demütigt und peinigt. Ersparen Sie es mir, denn ich kann Ihnen ja leider nicht ausweichen.«

Sie stieß das alles in zitternder Erregung hervor. Alles, was sie in den vergangenen Wochen heimlich gelitten hatte, machte sich Luft. Er hätte daraus ja wohl merken müssen, daß er ihr keineswegs gleichgültig geworden war. Aber er fühlte nur die leidenschaftliche, schroffe Abwehr heraus, und sein Gesicht wurde noch blasser als zuvor.

Und auch um seinen Mund grub sich nun ein stolzer, harter Zug. Mit einem düsteren Blick, der sie bis ins tiefste Herz traf, sagte er mit verhaltener Stimme:

»Ich sehe ein, daß es mir nichts nützen würde, wenn ich mich vor Ihnen verteidige. Ich kann Ihnen nichts erwidern, als daß ich Ihren Wunsch erfüllen werde, mag es kosten, was es will. Gegen Ihren Willen werde ich nicht mehr nach Neulinden kommen. Vielleicht sprechen wir uns jetzt zum letztenmal im Leben. Und so lassen Sie mich Ihnen sagen: Wenn ich Ihnen jemals zu nahe trat mit meinem Zweifel, ob Sie für ein Leben des Kampfes geschaffen sein würden, so haben Sie mir durch Ihren Zweifel an der Lauterkeit meiner Beweggründe, durch die fast verächtliche Art, mit der Sie mir begegnet sind, tausendfach weher getan. Meine Liebe war tief und stark genug, das zu ertragen und mich zu veranlassen, Ihnen trotzdem nochmals die Hand entgegenzustrecken. Sie haben sie zurückgewiesen. Ich werde Ihren Weg nicht wieder kreuzen, und Sie gestatten, daß ich mich sogleich zurückziehe. Ich bin jetzt außerstande, Rolf und Fräulein Rogga zu begegnen. Bitte, geben Sie den Herrschaften über mein Verschwinden und über mein zukünftiges Fernbleiben die von Ihnen gewünschte Erklärung. Leben Sie wohl!«

Er verneigte sich, und ehe sie noch fassen konnte, was er ihr gesagt hatte, war er verschwunden.

Judith saß wie gelähmt und starrte ihm nach. Ihr war, als müsse sie aufspringen und ihn zurückrufen. Aber ihr unseliger Stolz ließ es nicht zu. Bewegungslos blieb sie sitzen und starrte mit leeren Augen vor sich hin.

Wie lange sie so gesessen hatte, wußte sie nicht, als Fees Stimme sie aus ihrer Versunkenheit emporriß. Das Brautpaar war zurückgekehrt und sah mit Erstaunen Judith allein und wie geistesabwesend vor sich hinstarren.

»Du bist ja allein, Judith? Wo ist denn Doktor Wernher?« fragte Fee.

Judith richtete sich mit blassem Gesicht auf. »Er — er läßt sich entschuldigen. Er hat — er mußte nach der Stadt zurückkehren —«

»So plötzlich ist er fort?« fragte Rolf fassungslos.

»Ja.«

Judith gab sich keine Mühe, eine weitere Erklärung zu geben. Sie war wie zerschlagen.

Fee gab Rolf heimlich ein Zeichen, sie mit Judith allein zu lassen. Sie ahnte sogleich, daß etwas Besonderes zwischen Judith und Richard Wernher vorgefallen war.

Sie trat an Judith heran und legte liebevoll den Arm um ihre Schulter. »Meine liebe Judith, ich bin doch jetzt deine Schwester; laß es mich wirklich sein. Habe Vertrauen zu mir, sage mir, was geschehen ist.«

»Frag mich nicht, Fee, ich kann nicht darüber sprechen.«

Fee streichelte ihr die kalten Hände. »Es wird dich erleichtern, Judith, wenn du dich aussprichst. Glaube nicht, daß ich dich nicht verstehen kann! Ich wünsche so sehr, dir helfen zu können. Du brauchst mir nicht viel zu sagen — nur, was jetzt geschehen ist. Denn ich weiß alles, was zwischen dir und Richard Wernher gewesen ist, ehe du nach Neulinden gingst.«

Judith zuckte zusammen und sah zu ihr auf. »Du weißt? Woher weißt du?«

»Von Richard Wernher selbst.«

Judith strich sich über die Stirn. »Er sprach zu dir darüber?«

»Ja, Judith! Ich war die Vertraute seiner Schmerzen, seiner Sorgen und weiß alles, was zwischen euch lag, weiß, daß ein Mißverständnis euch beide entzweit hat. Du glaubst, er hätte dich damals aufgegeben, weil er sich nicht mit einer armen Frau belasten wollte. Oh, wie wenig kennst du ihn da. Nur die Angst um dich trieb ihn dazu. Sieh, er kam damals zu Onkel Karl, trotz des Zerwürfnisses, das durch seine Eltern zwischen ihnen lag. Er sollte ihm helfen, sollte ihm Geld vorstrecken, damit er sich selbständig machen konnte, um dir wenigstens eine bescheidene Existenz bieten zu können. Wenn du wüßtest, was ihn das gekostet hat, welche Demütigung das für ihn war. Aber er tat es für dich, aus Angst und Sorge um dich. Onkel empfing ihn nicht, ich sprach mit ihm. Und wie er von dir sprach, das machte ihn mir zum Freund. Ich konnte ihm damals das Geld nicht verschaffen, Onkel blieb ablehnend. Wie traurig war ich da. Denn ich wußte nun, daß Richard Wernher einen schweren Gang zu dir tun mußte. Und er ist in zitternder Angst zu dir gekommen, daß du die von ihm gebotene Freiheit annehmen könntest.«

Judith hatte atemlos gelauscht. Jetzt fuhr sie auf. »Was sagst du?«

Fee umfaßte sie. »Ja, Judith, er hat geglaubt und gehofft, du würdest ihm sagen: ›Ich lasse nicht von dir, was auch kommen mag.‹«

Judith faßte sich an die Schläfen. »Mein Gott — wie konnte ich denn? Hättest du das getan, Fee, wenn ein Mann dir sagte: Ich gebe dich frei?«

Fee schüttelte den Kopf. »Nein, Judith, ich hätte an deiner Stelle wahrscheinlich nicht anders gehandelt. Aber er hatte das Empfinden, als hättest du nur darauf gewartet, daß er dich freigab. Er glaubte, du würdest Dürrkopps Bewerbung annehmen. Und er hat namenlos darunter gelitten. Ich hatte nie mit dir über all das gesprochen, weil ich mich nicht in dein Vertrauen drängen wollte. Aber daran glaubte ich fest, daß du dich nicht verkaufen würdest. Das sagte ich ihm auch, und ich riet ihm, da sich seine Verhältnisse gebessert hatten, nochmals um dich anzuhalten. Aber da sagte er mir, Dürrkopp sei fast jeden Tag in Neulinden, und mit einem Dürrkopp rivalisiere er nicht. Trotzdem liebte er dich nach wie vor mit schmerzlicher Innigkeit. Ich hoffte und glaubte, es müsse noch alles gut werden zwischen euch, denn mir war, als könnte ich in deiner Seele lesen wie in der seinen. Wenn du nur hättest hören können, wie er von dir sprach, wie stark seine Sehnsucht nach dir war! Ich glaubte, ich müsse euch helfen, das Mißverständnis zu beseitigen. Deshalb bat ich ihn damals, im Heidehof zu Tisch zu bleiben, als ich euch erwartete.«

»Sprich weiter, Fee!« bat Judith, sich an Fees Arm klammernd.

»Du hast ihm auch damals deinen kalten Stolz entgegengesetzt. Seine Liebe überwand aber alles. Und wie glücklich strahlten seine Augen, als er von Rolf erfuhr, daß du Dürrkopp abgewiesen habest.«

Wieder fuhr Judith auf. »Das weiß er?«

»Ja, Rolf erzählte es uns, weil er ahnte, was zwischen dir und Richard Wernher schwebte, und weil er euch, gleich mir, gern helfen wollte, wieder einen Weg zueinander zu finden. Deshalb ließen wir euch auch heute allein. Richards Augen sahen dich so sehnsüchtig an. Ich hielt Rolf lange fern. Und nun ist Richard Wernher so plözlich ausgebrochen. Liebe Judith, spann den Bogen nicht so straff! Auf die Dauer erträgt dies kein Mann, auch wenn er noch so sehr liebt. Bisher wagte ich nur nicht, mich in dein Vertrauen zu drängen, so gern ich dir alles gesagt hätte. Aber seit heute bin ich deine Schwester, heute darf ich's, muß ich's tun. Habe doch nur den Mut zum Glück, ein edles Männerherz liegt zu deinen Füßen. Tritt nicht darauf!«

Judith schlug plötzlich mit einem wehen Laut die Hände vor das Antlitz. Fees Worte hatten allen Zweifel in ihr gelöst und ihr mit einem Mal den Glauben an den Geliebten wiedergegeben. Aber zugleich sah sie auch mit bitterem Schmerz, daß sie ihr Glück verscherzt hatte.

»Es ist zu spät, Fee, zu spät! Ich habe den Bogen zu straff gespannt, er zerbrach.«

»Das wolle Gott verhüten, Judith! Es darf nicht zu spät sein. Sprich, was ist geschehen?«

Judith starrte vor sich hin. »Er bat mich, alles zu vergessen. Ich kränkte ihn mit bitteren Worten, sagte ihm, daß ich ihm nie mehr vertrauen könne. Er möge mir Ruhe gönnen und — nie wiederkommen nach Neulinden.«

»Judith, das konntest du tun?«

»Ja, und so ging er fort. Ach, Fee, mir war, als gehe mein Herz in Stücke. Ich wollte ihn rufen, halten, weil ich fühlte, ich sei zu weit gegangen. Aber da war er schon fort, und nun ist alles aus. Er kommt nicht wieder!«

Fee war sehr bleich geworden. »Arme Judith! Ich will dir keinen Vorwurf machen. Wie können sich nur zwei Menschen, die sich so liebhaben, so quälen!«

Judith erhob sich. »Schilt mich nur, Fee! Ich begreife mich jetzt selbst nicht mehr. Nun bin ich hart dafür gestraft.«

»Wenn du ernstlich willst, Judith, kann noch alles gut werden«, sagte sie ernst und fest.

Judith schüttelte traurig den Kopf. »Nein, denn was ich ihm heute angetan habe, verzeiht er nie.«

Fee war im tiefsten Herzen der Ansicht, daß wahre Liebe alles verzeihen kann. Aber sie wollte Judith keine Hoffnung machen, die sich vielleicht nicht erfüllen konnte. Deshalb schwieg sie und streichelte nur Judiths Hände, die aber bat:

»Du bist nicht böse, Fee, wenn ich mich jetzt zurückziehe. Ich muß allein sein. Rolf wird dich zum Heidehof zurückbringen. Und wenn du willst, sage ihm alles, dann brauche ich es nicht zu tun. Bitte ihn, daß er nicht mit mir darüber sprechen soll. Das alles verträgt keine Berührung. Ich bin jetzt nicht fähig, Rolf zu begegnen. Sei mir nicht böse, daß ich einen Schatten auf euren Verlobungstag werfe, aber ihr habt ja euer Glück nun gefunden. Hüte es gut, daß es dir nicht zerbricht, wie es mir zerbrochen ist.«

Sie küßte Fee herzlich und ließ sie allein.

Fee sah ihr gedankenvoll nach.

Einige Minuten später kam Rolf auf die Veranda heraus. Er sah Fee fragend an. »Ich sah Judith hinaufgehen, Fee. Was ist geschehen?«

Fee schob ihre Hand in seinen Arm. »Ich will dir alles erzählen, Rolf. Willst du mich nach Hause begleiten? Judith hat sich zurückgezogen, und es ist am besten, wir lassen sie ungestört.«

»Natürlich begleite ich dich. Aber es tut mir leid, daß du schon aufbrechen willst und daß Richard schon fort ist.«

»Du wirst alles verstehen, Rolf, wenn du alles weißt.«

Sie gingen über die Heide zurück. Und Fee erzählte Rolf die Geschichte von Richard Wernhers und Judiths Liebe.

Ernst hörte er ihr zu. Und als sie geendet hatte, sagte er aufatmend: »Da hat sich meine alte, liebe Judith gründlich verfahren. Liebste Fee, müssen wir nun tatenlos zusehen, wie sich die beiden törichten Menschen um das Beste im Leben bringen?«

Fee schüttelte den Kopf. »Nein, Rolf, das dürfen wir nicht. Wenn jetzt nicht ein Dritter zwischen den beiden vermittelt, dann ist alles aus. Und das darf nicht sein. Du kannst diesen Vermittler nicht spielen als Judiths Bruder. Aber ich kann es tun, und ich will es. Was in meinen Kräften steht, soll geschehen.«

Rolf preßte ihren Arm an sich. »Es wird, es muß dir gelingen, Fee! Und ich werde es dir danken. Denn, siehst du, ich möchte meine Schwester gern ebenso glücklich sehen, wie ich es bin. Aber, sag mir, was willst du tun?«

»Zuerst werde ich Richard Wernher bitten, mich im Heidehof zu besuchen, weil ich ihm etwas zu sagen habe. Nach Neulinden kommt er ganz sicher nicht wieder, wenn ihn Judith nicht selbst dazu auffordert. Und das soll sie nicht tun. Aber zu mir wird er kommen. Was ich ihm dann sage, weiß ich noch nicht. Aber mir werden schon die rechten Worte einfallen. Und dann wollen wir weitersehen.«

So waren sie nahe an den Heidehof herangekommen, und Rolf sagte, Fees Hand fassend: »Über allem haben wir fast unser eigenes Glück vergessen, Fee.«

Sie schüttelte den Kopf. »Nein, Liebster, gerade am Unglück der anderen müssen wir die Größe unseres eigenen Glücks messen. Und nun auf Wiedersehen, Rolf, und grüße Judith. Aber sprich nicht mit ihr über Richard Wernher.«

»Nein, nein! Und wenn er zu dir kommt, sag ihm, wie herzlich gern ich ihn Bruder genannt hätte.«

»Ich will es ihm sagen. Und ich hoffe, du wirst es doch noch tun können.«

Sie sahen sich noch einmal tief in die Augen, drückten sich die Hände, und Rolf preßte Fees Hand an die Lippen. Dann riß sich Fee los.

Er blieb stehen und sah ihr nach mit leuchtendem Blick. Von der Veranda aus winkte sie ihm noch einmal zu. Dann ging auch er heim.

XII

Richard Wernher war nach seinem fluchtartigen Weggang von Neulinden ziel- und planlos in der Heide umhergeirrt, bis der nächste Zug in die Stadt ging. Dann hatte er sich erschöpft in ein leeres Abteil geworfen und noch einmal das niederschmetternde Ergebnis der letzten Stunden zu überdenken versucht. Sein ganzes Innere bäumte sich dagegen auf.

Mußte an solcher Torheit das Glück zweier Menschen scheitern, die sich noch immer liebten? Denn daß ihn Judith trotz allem noch immer im Herzen trug, davon war er überzeugt. Sie hatte gelitten wie er selbst, mit unverhüllten Worten hatte sie es ihm ja gesagt. Aber er wußte auch, daß er nun nichts anderes tun durfte, als ihre Nähe zu meiden. Für immer, wenn sie ihn nicht selbst zurückrief. Und das würde sie nie tun, das würde sie ihrem Stolz nie abringen, nie! Das Herz krampfte sich ihm zusammen, und es machte ihm seinen Schmerz nicht leichter, daß er sich sagen mußte, daß Judith nicht weniger unglücklich war als er.

Zu Hause angekommen, war er froh, niemand anzutreffen. Er suchte sofort sein Zimmer auf. Schlaf fand er natürlich nicht. Immer sah er Judiths blasses, gramvolles Antlitz vor sich, und jedes ihrer Worte klang ihm nach. Voll zitternder Erregung waren sie gewesen, ihr kalter Stolz hatte nicht standgehalten. Aber trotzdem wurde es ihm innerlich immer klarer, daß er nicht hatte bleiben können, da sie ihn fortschickte, und daß er nie wiederkommen durfte, wenn sie ihn nicht rief.

Als Richard am anderen Morgen das Speisezimmer betrat, fand er seinen Vater schon am gedeckten Frühstückstisch sitzen. Als er ihn begrüßt hatte und ihm gegenüber Platz nahm, streifte sein Blick zufällig das Büfett und blieb wie gebannt auf der silbernen Kassette ruhen, die er von der Testamentseröffnung im Hause Onkel Karls kannte und die jetzt dort stand.

»Wie kommt denn die Kassette hierher, Vater?« fragte er betroffen.

»Die habe ich gestern abend mitgebracht, um sie einmal mit der anderen zu vergleichen. Ich glaube wirklich, sie sind nicht zu unterscheiden, selbst wenn man sie nebeneinanderstellt.«

Richard hatte ihm erstaunt zugehört. »Von welcher anderen Kassette sprichst du denn, Vater?«

Der alte Herr wurde einen Augenblick sehr verlegen. »Ach so, davon haben wir mit dir ja noch gar nicht gesprochen, weil es eine Weihnachtsüberraschung sein sollte.«

»Eine Weihnachtsüberraschung?«

»Nun ja, wir hatten sie dir, mit Zigarren gefüllt, als Weihnachtsgeschenk zugedacht.«

Richard überkam bei den Worten des Vaters ein ihm selbst unerklärliches Unbehagen. »Du meinst die zweite Brautschatzkassette, die an unseren Familienzweig fiel?«

»Ja, natürlich.«

»Existiert diese andere Kassette denn noch?«

»Gewiß, wir haben sie vor einiger Zeit zufällig in meines Vaters altem Schreibtisch gefunden«, erwiderte der alte Herr und erzählte, wie das geschehen war.

Richard hörte mit einem seltsam beklommenen Gefühl zu, und als der Vater geendet hatte, fragte er hastig: »Wo ist die andere Kassette, Vater?«

»Mutter hat sie, glaube ich, in ihrem Wäscheschrank verwahrt. Ich werde sie gleich einmal herüberholen.« Damit erhob er sich. Nach einer Weile kam er mit leeren Händen zurück. »Ich kann die Kassette leider nicht finden. Mutter hat sie wohl anderswo verschlossen, ehe sie verreiste. Vielleicht dachte sie, du könntest in ihrer Abwesenheit etwas aus dem Wäscheschrank brauchen und dabei die Kassette entdecken. Sie war ja so sehr besorgt, daß du nichts davon erfuhrst, weil wir dich überraschen wollten. Wenn ich nur wüßte, wo Mutter die Kassette hat? Ich werde sie im nächsten Brief danach fragen.«

Richard trat zum Büfett, zog mechanisch den goldenen Schlüssel aus der Kassette und betrachtete ihn nachdenklich. Er hatte eine so eigenartige Form, dieser kleine Schlüssel, wie jetzt keiner mehr gearbeitet wurde.

Richard wußte nicht, was ihn so nachdenklich stimmte und ihm das Herz so seltsam beklemmte. Einsilbig nahm er sein Frühstück ein, um sich dann kurz von seinem Vater zu verabschieden und in sein Büro zu gehen.

Dort fand er unter den eingelaufenen Postsachen einen Brief vor, an dessen Adresse er sofort Fees Handschrift erkannte. Er öffnete ihn hastig und las:

»Lieber Herr Doktor!

Das war eine bedauerliche Überraschung, als wir aus dem Garten zurückkehrten und Sie nicht mehr antrafen! Dafür fanden wir Judith in einem bejammernswerten Zustand. Ach, lieber Freund, hätten Sie die Ärmste gesehen, Sie wären ganz sicher so nicht von ihr gegangen!

Judith hat mir alles gebeichtet. Glauben Sie mir, ihr Herz war unbeteiligt an dem Wunsch, daß Sie gehen und nicht wiederkommen sollten. Nur ihr Stolz und die Furcht vor der eigenen Schwachheit trieben sie zu ihrer Bitte, die sie nun bitter bereut. Ja, lieber Freund, ich habe von Ihrer Erlaubnis, mein Schweigen zu brechen, Gebrauch gemacht. Ich habe Judith alles erzählt, was Sie mir in dieser Angelegenheit anvertraut haben. Sie war aufs tiefste erschüttert und klagte sich nun an, durch Stolz und Mißtrauen ihr Glück selbst zerstört zu haben. Das mußte ich Ihnen sofort mitteilen, und gleichzeitig bitte ich Sie: Kommen Sie, sobald es Ihnen möglich ist, zum Heidehof. Ich bin zu jeder Zeit für Sie zu sprechen und erwarte Sie bestimmt. Mit herzlichem Gruß, auch von Rolf, verbleibe ich

Ihre Felizitas Rogga«

Nachdem Richard den Brief gelesen hatte, wäre er am liebsten sofort hinausgefahren, aber erst forderte die Arbeit ihr Recht.

Nach Erledigung der Post fuhr er hinaus zu seinem neuen Fabrikgrundstück, das bereits für ihn ausgebaut und eingerichtet wurde. Es gab da allerlei notwendige Bestimmungen zu treffen.

So mochte es ungefähr drei Uhr geworden sein, als er, in sein Arbeitszimmer zurückgekehrt, von seinem Vater telephonisch angerufen wurde. Der alte Herr war sehr erregt und meldete seinem Sohn, er habe soeben eine Depesche von dem Leiter des Sanatoriums erhalten, in dem sich die Mutter aufhielt.

»Der Arzt teilt mir mit, daß Mutter an einer schweren Lungenentzündung erkrankt ist und das Schlimmste zu befürchten sei. Wir möchten sofort kommen. In einer

Stunde geht ein Zug. Ich erwarte dich am Bahnhof. Einen Handkoffer mit dem Nötigsten für dich bringe ich mit, damit du nicht noch einmal nach Hause zu kommen brauchst.«

Richard erschrak über diese Nachricht sehr. Wenn auch zwischen ihm und den Eltern nie ein sonderlich herzliches Verhältnis geherrscht hatte, so hatte er ihnen doch stets kindliche Liebe entgegengebracht.

Er traf in Eile die notwendigsten Anordnungen für die Zeit seiner Abwesenheit. Dann warf er einige Zeilen an Fee aufs Papier und teilte ihr mit, daß er ihr für ihren Brief herzlich danke und sie schon diesen Abend hätte aufsuchen wollen. Aber er müsse sogleich zu seiner schwerkranken Mutter reisen. Nach seiner Rückkehr werde er sie sobald wie möglich aufsuchen.

Diesen Brief ließ er sofort zur Post schaffen. Dann machte er sich in Eile fertig und fuhr zum Bahnhof, wo ihn sein Vater bereits erwartete.

Abends gegen sechs Uhr trafen Vater und Sohn in dem Sanatorium Dr. Seltmanns ein. Der Arzt empfing sie mit sehr ernstem Gesicht. »Gottlob, daß Sie hier sind, meine Herren, der Zustand der Patientin hat sich leider verschlimmert, und bei dem raschen Kräfteverfall müssen wir auf alles gefaßt sein.« Dann berichtete er, daß Frau Emilie leider von Anfang an unter Mangel an Appetit und unter einer starken nervösen Unruhe gelitten habe. Trotz seines Verbotes habe sie sich häufig im Freien ergangen und sich dabei eine schwere Erkältung zugezogen; die Folge sei nun eine heftige Lungenentzündung mit sehr hohem Fieber.

Nachdem er Vater und Sohn so vorbereitet, führte er sie selbst an das Krankenlager seiner Patientin, die in hohem Fieber lag und nichts von ihrer Umgebung zu wissen schien. Als die Herren eintraten, erhob sich neben dem

Bett eine Krankenschwester und erstattete dem Arzt leise Bericht. Dann trat sie in den Hintergrund des Zimmers, um Vater und Sohn am Bett Platz zu machen.

Richard beugte sich über die Mutter und faßte ihre fieberheiße Hand. »Mutter, liebe Mutter!« sagte er herzlich.

Frau Emilie warf den Kopf unruhig hin und her und tastete nervös suchend mit den Händen. Ihre Augen blickten starr zu ihm auf. »Der Schlüssel? Wo ist der Schlüssel?« fragte sie immer wieder.

Richard richtete sich auf und sah die Schwester fragend an.

»Ihre Frau Mutter scheint sich über eine silberne Kassette und über einen goldenen Schlüssel zu beunruhigen. Sie phantasiert schon den ganzen Tag davon und sucht im Fieber den Schlüssel«, erwiderte die Schwester leise.

»Mutter denkt wohl an die Erbschaftsgeschichte. Die hat sie ja in letzter Zeit so sehr aufgeregt«, erklärte der Vater.

Richard fühlte eine seltsame Beklommenheit, und das unruhig suchende Tasten der Hände seiner Mutter peinigte ihn, ohne daß er wußte, warum.

Er faßte nach den tastenden Händen und hielt sie fest. »Mutter, kennst du mich nicht?« fragte er, während er sich über sie beugte.

Einen Augenblick ging es wie Erkennen über die Züge der Kranken: »Richard, mein lieber Richard!« Dann blickte sie nach der Seite und sagte: »Vater ist auch da, das ist gut.«

Aber dann verwirrten sich ihre Gedanken, sie zog ihre Hände aus denen des Sohnes und begann das tastende Spiel von neuem.

»Sie phantasiert«, sagte der Vater zu Richard, aber er war sehr blaß geworden.

Der Arzt fühlte der Kranken den Puls, gab der Schwester noch leise einige Anweisungen und entfernte sich dann.

Langsam schlichen die Stunden. Richard saß am Bett seiner Mutter und starrte gedankenverloren vor sich hin.

Sein Vater war ermüdet in seinem Sessel eingeschlummert, und die Schwester trat zuweilen heran, maß die Temperatur der Kranken und glättete die Kissen. Der Atem der Kranken ging unregelmäßig und schwer, zuweilen stöhnte sie auf wie von innerer Angst gepeinigt.

Richard sah mit traurigen Augen in das immer mehr verfallende Gesicht der Mutter. Endlich begann der Tag zu grauen. Die Schwester schaltete die elektrischen Birnen aus, sah nach der Uhr und fröstelte zusammen. Dann trat sie zu der Kranken heran und maß nochmals die Temperatur. Ganz plötzlich war das Fieber gefallen. Hastig eilte sie an die elektrische Klingel, die an das Zimmer des Arztes führte.

Nach ein paar Minuten erschien er im Krankenzimmer.

»Was gibt es, Schwester?«

»Abnormer Fall der Temperatur, sehr schwache Herztätigkeit«, meldete sie ihm.

Der Arzt trat an das Bett und mühte sich um die Kranke; aber er sah, daß es zu Ende ging.

Gegen sechs Uhr sah Frau Emilie noch einmal mit einem matten, aber klaren Blick um sich. Sie erkannte Gatten und Sohn und wollte etwas sagen. Aber die Kraft fehlte ihr. Nur ein tiefer Seufzer hob noch einmal die Brust. Dann streckte sie sich aus zur ewigen Ruhe.

Der Arzt drückte ihr die Augen zu und wandte sich mit ernstem Gesicht nach den beiden Herren um. »Sie hat ausgelitten«, sagte er leise und ging hinaus, um Vater und Sohn nicht in ihrem Schmerz zu stören.

Auch die Schwester zog sich zurück. Vater und Sohn waren allein mit der Toten.

Georg Wernher war fassungslos. Es war ja keine große und starke Liebe gewesen, die ihn im Leben mit der Toten vereint, aber etwas anderes hatte die beiden fest aneinandergekettet: die gemeinsame Schuld. Jahrelang hatten die beiden sie aus ihrem Gedächtnis zu löschen gesucht. Sie wollten vergessen, daß sie einst das Lebensglück zweier Menschen zerstört hatten, und es war ihnen auch gelungen. Jetzt aber, als seine Gefährtin so vor ihm lag, kam das Erinnern über den alten Mann, und er schauerte wie im Fieberfrost zusammen.

Hilflos und wie nach einem Halt suchend, sah er zu seinem Sohn empor. Richard bestimmte den Vater dazu, sich in einem leeren Zimmer des Sanatoriums einige Stunden niederzulegen, um zu ruhen. Inzwischen wollte er das Nötige anordnen.

Georg Wernher fügte sich willenlos in alles, was der Sohn bestimmte, während Richard allen den mit einem Todesfall verknüpften Obliegenheiten nachkam. Das Zimmermädchen und die Schwester packten inzwischen die Sachen der Verstorbenen in ihre Koffer.

Richard hatte eben mit dem Arzt eine letzte Unterredung gehabt und alles Nötige mit ihm geordnet. Er trat in den Garten des Sanatoriums, um ein wenig frische Luft zu schöpfen und auf seinen Vater zu warten, der sich eben erhoben hatte.

Da trat die Pflegerin seiner Mutter zu ihm heran: »Hier sind die Schlüssel zu den Koffern Ihrer verstorbenen Frau Mutter, Herr Doktor. Ich habe alles selbst mit eingepackt. Die Schmucksachen habe ich in die Handtasche gelegt, dazu noch eine verschlossene silberne Kassette, von der wohl Ihre Frau Mutter im Fieber oft phantasierte. Sie haben wohl die Güte, nachzusehen, ob alles stimmt. Wir wollen dann die Handtasche im Büro unter Verschluß halten, bis Sie abreisen.«

Richard dankte und folgte der Schwester. Als sie von der silbernen Kassette sprach, hatte er aufgehorcht. Warum hatte die Mutter die Kassette mit sich genommen? Und warum beschäftigten sich ihre Gedanken im Fieberwahn damit? Warum suchte sie so unablässig nach dem goldenen Schlüssel?

Oben im Zimmer seiner Mutter angelangt, übergab ihm die Schwester die Handtasche. Er öffnete sie mechanisch und sah flüchtig die Schmucksachen durch. Seine Augen blieben auf der silbernen Brautschatzkassette haften. Er nahm sie heraus und wog sie auf der Hand. Es war die genaue Kopie derjenigen, die er zu Hause auf dem Büfett hatte stehen sehen. Nur der seltsam geformte goldene Schlüssel fehlte, und die Kassette war fest verschlossen.

»Es ist gut, Schwester, ich danke Ihnen«, sagte er und schloß die Handtasche ab, nachdem er die Kassette wieder hineingelegt hatte. Den Schlüssel steckte er sorglich zu sich. Dann telephonierte er mit seinem Büro und meldete, daß er erst nach der Beerdigung seiner Mutter dort wieder eintreffen würde.

Drei Tage später kehrte Richard Wernher mit seinem Vater nach Hause zurück. Sie hatten fast schweigend die Heimreise zurückgelegt. Die Koffer der Verstorbenen hatte Richard aufgegeben, aber die Handtasche bei sich behalten.

Mit dem Vater hatte er noch nicht darüber gesprochen, daß sich die zweite silberne Kassette in der Handtasche befand. Warum er es verschwieg, wußte er selber nicht.

Auch bei der Abendmahlzeit, die beide nach ihrer Heimkehr in dem verödeten Hause einnahmen, blieb Richard schweigsam. Seinem Vater fiel es nicht weiter auf, da er mit seinen eigenen traurigen Gedanken beschäftigt war.

Als der alte Herr sich dann zurückgezogen hatte, blieb Richard noch eine Weile nachdenklich am Tisch sitzen. Wie zufällig fiel sein Blick auf die silberne Kassette, die noch immer auf dem Büfett stand. Er erhob sie und trug sie in sein Zimmer hinüber. Dort holte er die lederne Handtasche seiner Mutter aus dem Kleiderschrank und öffnete sie mit einem unerklärlich beklommenen Gefühl, nahm die silberne Kassette heraus und stellte sie neben die andere auf den Tisch. Forschend sah er darauf nieder. Sie glichen einander aufs Haar. Es war kein Unterschied zu finden. Nur daß an der einen der goldene Schlüssel steckte, das unterschied sie voneinander.

Wie von einer inneren Macht getrieben, zog Richard den goldenen Schlüssel aus dem Schloß der einen Kassette und steckte ihn in das Schloß der anderen. Er wollte versuchen, ob er auch dieses Schloß öffnete. Und richtig, mühelos hatte es der goldene Schlüssel geöffnet.

Langsam schlug Richard den Deckel hoch und sah in die Kassette hinein. Er erblickte Papiere. Mit bebender Hand nahm er das oberste empor. Es war Felizitas Roggas Schuldschein über dreißigtausend Mark. Und unter diesem lag ein versiegeltes Schriftstück mit der Aufschrift: Mein Letzter Wille.

Richard erblaßte und sank dann mit einem Aufstöhnen kraftlos in einen Sessel. Mit starren Augen sah er vor sich hin. Wie eine düstere Ahnung hatte es auf seiner Brust gelegen, seit er am Sterbebett seiner Mutter stand, nein, schon seit ihm der Vater von der zweiten aufgefundenen Kassette gesprochen hatte. Er hatte nicht gewagt, dieser unbestimmten Ahnung Ausdruck zu geben. Aber nun wußte er, daß es ein Argwohn gewesen war, ein Argwohn, dessen er sich geschämt, gegen den er sich gewehrt hatte. Und nun lag dort vor ihm der Beweis, daß seine Mutter die richtige Kassette samt dem Testament entwendet und die falsche dafür untergeschoben hatte, um das reiche Erbe für sich und ihre Angehörigen zu retten.

Wie das alles geschehen war?

Er rief sich den ganzen Tag der Testamentseröffnung ins Gedächtnis zurück. Die Mutter war der Begräbnisfeier ferngeblieben, erst in der letzten Minute vor der Testamentseröffnung war sie im Auto angekommen. Nun ahnte er die Wahrheit. Tief und schwer ging sein Atem. Er schlug die Hände vor sein Antlitz.

»Mutter, warum hast du das getan? Geschah es meinetwegen?«

So saß er lange und brütete vor sich hin. Dann raffte er sich auf und erhob sich. Sein Entschluß war gefaßt: Gleich morgen früh wollte er zu Felizitas hinausfahren und ihr den Fund bringen, alles weitere mußte sich dann finden.

XII

Felizitas saß über ihren Rechnungsbüchern im Wohnzimmer und hatte gewissenhaft Soll und Haben gebucht, als sie draußen einen Wagen vorfahren hörte. Sie erhob sich, und als sie an das Fenster trat, sah sie Richard Wernher aussteigen. Sie ging ihm bis auf die Diele entgegen und bot ihm herzlich die Hand.

»Lieber Freund, Sie haben einen schweren Verlust erlitten. Nehmen Sie mein herzliches Beileid entgegen«, sagte sie warm.

Er küßte ihr die Hand. »Ich danke Ihnen, Fräulein Felizitas, danke Ihnen, daß Sie mich als Freund begrüßen, denn gerade heute muß ich an Ihre Freundschaft appellieren.«

Sie sah besorgt in sein blasses Gesicht und führte ihn in das behagliche Wohnzimmer, wo sie einander gegenüber Platz nahmen.

»Ich komme heute mit schwerem Herzen zu Ihnen«, begann er. »Dieser Weg ist mir saurer geworden als jemals ein anderer in meinem Leben.«

Sie sah ihn teilnehmend an. »Wohl Judiths wegen, ich verstehe das. Sie kommen sicher, um mit mir über den letzten Brief zu sprechen, den ich Ihnen schrieb?«

Er strich sich über die Stirn. »Das kommt erst in zweiter Linie. Ich habe Ihnen etwas anderes zu sagen, und je eher ich mir die Last von der Seele gewälzt habe, desto eher kann ich wieder frei atmen. Also ohne Umschweife: ich bringe ihnen das verschwundene Testament Onkel Karls.«

Fee zuckte zusammen. »Das Testament?« fragte sie blaß bis in die Lippen.

»Ich bin Ihnen volle Offenheit schuldig, um jeden Preis. Und der Preis ist hoch, denn ich darf auch das Andenken einer Toten nicht dabei schonen, das mir das Heiligste sein sollte.«

Fee faßte seine Hand und sah ihm ernst in die Augen. »Das Andenken Ihrer Mutter, lieber Freund, nicht wahr?«

Er wurde blaß und sah sie mit großen Augen an.

»Fräulein Felizitas, woher wissen Sie das?«

Sie zog aus ihrem Gürtel die Taschenuhr. Daran war noch immer der kleine goldene Schlüssel befestigt.

»Kennen Sie diesen Schlüssel?« fragte sie leise.

Er starrte einen Augenblick wie gebannt auf das zierliche goldene Ding, dann fragte er fast atemlos: »Wie kommt der in Ihren Besitz, Fräulein Felizitas?«

Sie schwieg eine Weile, als überlege sie, ob sie ihm die volle Wahrheit sagen sollte. Dann richtete sie sich entschlossen auf und begann:

»Ich will Ihnen jetzt alles sagen, damit Sie nicht anzuklagen brauchen, wo Sie nur verehren dürften. Ich weiß alles, lieber Freund, was Sie mir sagen wollen. Ich fand diesen Schlüssel am Tag der Testamentseröffnung im Saal neben dem Gobelinzimmer. Kurz vorher hatte ich Ihre Mutter aus dem Garten vor Onkels Hause kommen sehen, sie trug etwas Schweres unter einem schwarzen Seidenschal. Als Ihre Mutter später wiederkam, leugnete sie, schon einmal dagewesen zu sein. Das befremdete mich wohl, als aber dann die Kassette leer war, die doch, wie ich genau wußte, das Testament enthalten sollte, keimte in mir ein Verdacht auf, der sich bestätigte, als ich die Kassette genau prüfte, denn da machte ich die Entdeckung, daß die Kassette, die vor mir stand, nicht die war, die in Onkel Karls Besitz gewesen, also auch nicht die, in der das Testament verwahrt war. Auf Onkels Kassette fehlten nämlich in dem Spruchband zwei Buchstaben, das T und das A. Und die Kassette, die vor mir stand, zeigte den vollständigen und unverwischten Spruch.

Ich ahnte sofort, daß Ihre Mutter die beiden Kassetten vertauscht haben mußte, während wir zur Beerdigung außerhalb des Hauses waren. Dabei hatte sie den goldenen Schlüssel verloren. So, mein lieber Freund, und nun sehen Sie, daß Sie mir nichts mehr zu sagen brauchen.«

Er sah erschüttert zu ihr auf. »Und Sie schwiegen bis heute? Sie verrieten mit keinem Wort, wo Sie das Testament vermuteten?«

»Um Ihretwillen schwieg ich, lieber Freund! Ich wußte aus Erfahrung, wie weh es tut, wenn ein Kind sich seiner Eltern schämen muß. Doch lassen wir das! Daß ich Sie immer für Onkel Karls rechtmäßigen Erben hielt, wissen Sie, und so ließ ich alles gehen, wie es ging.«

Er faßte ihre Hand und behielt sie in der seinen. »Wie soll ich Ihnen für solche Rücksicht danken, Fräulein Felizitas?«

Sie lächelte mit feuchten Augen. »Es war das alles so selbstverständlich! Sollte ich um ein Erbe kämpfen, das doch im Grunde Ihnen zukam? Ich sage: Ihnen, lieber Freund, nicht Ihren Eltern.«

Er richtete sich auf. »Wollen Sie mir nun heute endlich sagen, was zwischen Onkel Karl und meinen Eltern lag?«

Sie zögerte einen Augenblick. Dann sagte sie leise: »Durch Onkels Testament werden Sie ja doch alles erfahren, deshalb will ich es Ihnen nicht länger verschweigen. Sie werden auch das ertragen müssen, armer Freund! Ihre Mutter hat, von Ihrem Vater unterstützt, durch Verleumdung und Intrigen zwischen Onkel Karl und meiner Mutter, die miteinander verlobt waren, Zwietracht gesät. Sie brachte es so weit, daß Onkel meiner Mutter den Ring zurückschickte, weil er an ihre Treue nicht mehr glaubte. Erst nach langen Jahren, nachdem beider Glück zerstört war, kam es zu einer Aussprache zwischen beiden, und da erst erkannten sie, wer ihnen ihr Lebensglück zerstört hatte. Es war kurz vor meiner Mutter Tod.«

Richard atmete schwer. Endlich rang es sich von seinen Lippen: »Und warum dies alles?«

»Ich will annehmen, daß Ihre Mutter alles nur tat, um Ihnen Onkel Karls Erbe zu sichern; deshalb entwendete sie auch das Testament. Und nun erzählen Sie mir bitte, wie Sie es fanden.«

Da berichtete er in kurzen Zügen, wie er das Testament entdeckt hatte, und als er geschlossen, nahm er die gefundenen Papiere aus einer Brieftasche und überreichte sie Felizitas.

»Meine Mutter hat noch auf dem Sterbebett unter den Qualen der Reue gelitten, das ist mir gewiß, und mein Vater wußte auf keinen Fall von dem Verbleib des Testaments. Auch daß ich es gefunden habe, weiß er noch nicht; erst wollte ich es in Ihre Hände legen, ehe ich es ihm mitteile«, fügte Richard Wernher erklärend hinzu. Dann richtete er seine Augen fast flehend auf Felizitas und sagte: »Wenn es Ihnen möglich ist, Fräulein Felizitas, dann schonen Sie das Andenken meiner Mutter!«

Sie atmete tief auf. »Sie ist tot, lieber Freund, und sie möge in Frieden ruhen. Selbst Onkel Karl würde einer Toten gegenüber die Waffen strecken. Und wir sind doch Freunde, Sie und ich. Es ist mir heiliger Ernst mit dieser Freundschaft, das will ich jetzt beweisen. Nicht der Hauch eines Makels soll auf Ihren Namen fallen.«

Sie reichte Richard die Hand zur Bekräftigung ihrer Worte und wehrte seinem überströmemden Dank. Sie hatte ja noch eine Frage mit ihm zu besprechen, die sein eigenstes Glück betraf: Judith!

Als sie den Namen der Freundin nannte, unterbrach er sie fast schroff: »Nach Neulinden führt mich kein Weg zurück! Ich habe mich vor Judith gedemütigt, soviel ich konnte, ohne meine Selbstachtung zu verlieren. Betteln kann und will ich nicht um Liebe und Vertrauen.«

Sie schüttelte lächelnd den Kopf.

»Das werden Sie auch nicht nötig haben, lieber Freund. Judith weiß jetzt, wie ungerechtfertigt ihr Argwohn war, und sie hat unter ihrem Irrtum mehr gelitten, als Sie glauben. Seien Sie großmütig! Sie war wie vernichtet, als ich ihr alles gesagt hatte. Sollen denn zwei Menschen, die sich so heiß und innig lieben, unglücklich werden, nur weil sie nicht über ihren Stolz hinwegkommen können?«

Richard starrte düster vor sich hin. Dann richtete er sich auf.

»Sie hat mich fortgewiesen, deshalb ist es an ihr, mich zurückzurufen. An ihr ist es jetzt, mir einen Schritt entgegenzukommen. Nur einen Schritt, ich will es ihr leicht machen. Aber diesen einen Schritt muß sie tun!«

Da war wieder der harte, stolze Ausdruck in seinem Gesicht, den Fee gesehen hatte, als sie ihn kennenlernte. Sie wußte, daß er von dem, was er gesagt hatte, nicht abgehen würde. Und gerechterweise konnte sie auch nicht mehr von ihm verlangen.

Sie gab aber trotzdem die Hoffnung nicht auf. »Ich werde mit Judith sprechen«, sagte sie.

Er küßte ihr dankbar die Hand. »Sie haben schon soviel für mich getan, Fräulein Felizitas, ich werde zeitlebens Ihr Schuldner bleiben. Und wenn es noch einen Weg zu Judith zurück gibt, so werden Sie es sein, die mich diesen Weg führt. Ich habe es ja an mir selbst erfahren: Feenhände können Wunder tun. Ich lege mein Schicksal vertrauensvoll in die Ihren.«

So schonend wie möglich teilte Richard Wernher am anderen Tag seinem Vater mit, daß sich das vermißte Testament nun doch noch gefunden habe und bei dem Notar die notwendigsten Schritte getan worden seien, um es nachträglich in Kraft treten zu lassen. Der alte Herr war zunächst außer sich; als ihm Richard aber sagte, daß er über den Grund des Zwistes seiner Familie mit Onkel Karl auf seinen Wunsch hin von Felizitas Rogga völlig aufgeklärt worden sei, und versicherte, er würde auch nicht einen Pfennig aus der Erbschaft angenommen haben, mußte sich Georg Wernher wohl oder übel zufriedengeben. Natürlich hatte Richard das Andenken seiner Mutter geschont und mit keiner Silbe an der Vertauschung der Kassetten gerührt, sondern sich darauf beschränkt, seinem Vater zu erklären, daß das Testament in der Wohnung seines Onkels aufgefunden sei. Dasselbe hatte auch Felizitas dem Notar gegenüber zu tun versprochen.

»Ich denke, Vater«, schloß er seine Mitteilungen, »daß dir mit der Auffindung des Testaments eine Last vom Herzen genommen sein muß, denn nach allem, was sich in früheren Jahren zwischen dir und Onkel Karl abgespielt hat, würdest du des Erbes doch nie recht froh geworden sein. Und was wolltest du in dem großen Haus so einsam und allein, denn du weißt, daß ich es mit keinem Fuß betreten haben würde.«

So schwer es ihm auch wurde, mußte Georg Wernher seinem Sohn dennoch recht geben, und als er hörte, daß Felizitas Richard jederzeit einen unbeschränkten Kredit für sein Unternehmen einräumen wollte, fand er sich schließlich in sein Los.

Am selben Tage suchte Felizitas Neulinden auf, um ihren Verlobten von der plötzlichen Schicksalswendung in Kenntnis zu setzen. Da es noch früh am Vormittag war, traf sie Judith allein zu Hause an, die Rolf erst zum Frühstück von den Feldern zurückerwartete. Die Freundin sah blaß und vergrämt aus, und das sonst so stolze Gesicht trug einen stillen Leidenszug. Trotzdem flog es wie ein heller Schimmer über ihr Antlitz, als sie Felizitas begrüßte.

»Du wirst überrascht sein, Judith, daß ich zu so ungewohnter Stunde komme und meine Wirtschaft im Stich lasse«, sagte sie lächelnd.

»Jedenfalls führt dich irgend etwas Besonderes zu uns, und ich bin darauf gespannt, was es ist«, entgegnete Judith. Damit zog sie die Freundin und künftige Schwägerin zu dem kleinen Sofa und nahm neben ihr Platz.

»Ich habe für euch eine große Überraschung, aber ich möchte warten, bis Rolf zurückkommt. Es trifft sich gut, daß er noch auf dem Feld ist, denn ich möchte vorher mit dir noch ein Wörtlein im Vertrauen sprechen.« Einen Augenblick hielt sie inne, dann, als sie Judiths fragenden Blick auf sich gerichtet sah, fuhr sie kurz entschlossen fort: »Richard Wernher war bei mir, und davon wollte ich dir erzählen.«

Judith war bei den letzten Worten ihrer Freundin zusammengezuckt, aber sie faßte sich rasch und fragte in kühlem Ton: »Was könntest du mir von ihm Besonderes zu sagen haben, Fee?»

Felizitas nahm Judiths Hände in die ihren und sah ihr fest in die Augen; dann erzählte sie: »Ich hatte Doktor Wernher noch am selben Abend, als er von dir in so schroffer Weise fortgeschickt worden war, brieflich gebeten, mich zu besuchen. Darauf antwortete er mir umgehend, daß seine Mutter im Sanatorium schwer erkrankt sei und er im Begriff stehe, mit seinem Vater dorthin abzureisen. Gleichzeitig versprach er, sofort nach seiner Rückkehr mich aufzusuchen. Daß seine Mutter inzwischen verstorben ist, weißt du ja. Er ist gestern zurückgekehrt, und sein erster Weg war zu mir. Da sprach ich ihm von dir und sagte ihm alles, auch daß es mir gelungen sei, dir den Glauben an seine Liebe zurückzugeben.«

Judith war todbleich geworden und barg ihr Antlitz in beiden Händen. Dann fragte sie mit tonloser Stimme: »Und er?«

Fee zog ihr sanft die Hände vom Antlitz. »Du mußt ihn zurückrufen, Judith«, meinte sie in eindringlichem Ton, »an dir ist es jetzt, den ersten Schritt zur Versöhnung zu tun. Richard wagt es kaum, an deine Sinnesänderung zu glauben, und sein Stolz verbietet es ihm, noch einmal als Bettler vor dir zu stehen. Er würde es auch in deinen Augen als eine Erniedrigung empfinden, und darin muß ich ihm recht geben. Darum rufe ihn zurück, Judith!«

Judith hatte ihre Hände aus denen Fees gelöst und starrte eine Weile nachdenklich vor sich hin. Dann schüttelte sie den Kopf und sagte langsam und müde: »Fee, ich kann es nicht; nach allem, was ich ihm getan habe, kann ich es nicht, das müßtest du mir doch nachfühlen. Ich schäme mich vor ihm, Fee!«

Als Fee nicht gleich antwortete, wandte Judith sich rasch nach ihr um und fragte: »Würdest du es in meiner Lage tun, Fee?«

»Ich glaube wohl, daß ich es tun würde«, klang es zurück. Und dann fuhr Fee fort: »Wenn du es aber nicht über dich gewinnen kannst — in solchen Dingen soll man keinen Zwang ausüben wollen, so etwas soll freiwillig geschehen —, dann versprich mir wenigstens eines: Wo und wann du auch eines Tages mit Richard Wernher zusammentreffen solltest, so reiche ihm als erste die Hand und sprich das eine Wort: Vergib!«

Judiths Augen schimmerten feucht. Sie legte ihre Hand in die Fees und sagte: »Das will ich gern tun, ich verspreche es dir, Fee! Ihn um Verzeihung bitten für das, was ich ihm getan, das kann ich tun, ohne mir etwas zu vergeben.«

Fee umarmte sie herzlich. »Mehr will ich nicht von dir verlangen, Judith. Aber sieh, da scheint Rolf nach Hause zu kommen!«

Sie trat schnell an das Fenster und winkte Rolf zu, der eben vor dem Hause hielt. Mit einem Satz war er vom Pferd, warf einem Knecht die Zügel zu und eilte ins Haus.

Gleich darauf schloß er Fee in seine Arme. »Liebste! Du hier? Das ist ja eine großartige Überraschung!« rief er fröhlich.

»Ich wartete schon eine ganze Weile auf dich!«

»Entschuldige mich nur fünf Minuten, Fee, ich will mich ein ganz klein wenig umkleiden«, bat er. Und sie noch einmal küssend, gab er sie frei und eilte hinaus.

Fee sah zu Judith hin, die den Frühstückstisch richtete, und sagte leise: »Wenn zwei sich nur gut sind, dann finden sie auch den Weg zueinander zurück, Judith!«

Ein schmerzlicher Zug lag um den Mund der Freundin. »Manche Menschen gehen immer in der Irre umher. Und ich glaube, zu denen gehöre auch ich.«

»So muß dich eben jemand auf den rechten Weg leiten«, sagte Fee lächelnd.

Als Rolf wieder eintrat, fand er Judith und Fee innig umschlungen am Fenster stehend. »Ich freue mich jedesmal, sehe ich euch so schwesterlich beisammen. Überhaupt, ich finde, das Glück verwöhnt mich sträflich!«

Fee legte ihm die Hand auf den Mund. »Still, berufe nicht unser Glück! Ich werde dir gleich einen Wermutstropfen in deinen Glücksbecher träufeln. Dazu bin ich nämlich eigens hergekommen.«

Er lachte fröhlich. »Wenn du das mit einem so schelmischen Lächeln sagst, dann habe ich keine Angst vor dem Wermutstropfen.«

Sie schob die Hand in seinen Arm. »Komm, setze dich und stärke dich erst mit einem Bissen. Dann will ich dir sagen, was geschehen ist.«

Er tat es, und als er den Teller zur Seite geschoben, sagte er lachend: »So, nun bin ich auf das Schrecklichste gefaßt, Fee!«

Sie nahm seine Hand. »Also höre, Rolf! Das verschwundene Testament hat sich gefunden.«

Er zuckte betroffen zusammen. »Das Testament? Karl Wernhers Testament?«

Auch Judith sah Fee fragend an.

»Ja«, sagte Fee, »Onkel Karls Testament! Und nun werde ich doch noch seine Erbin, Rolf.«

Er wurde sehr ernst. »Darauf war ich freilich nicht gefaßt«, sagte er dann.

Sie sah, wie es in seinem Innern arbeitete, und sie ahnte, daß sein Stolz sich gegen diese plötzliche Schicksalswendung wehrte. Da fragte sie leise, fast schüchtern: »Rolf, ist es dir so schwer, daß du nun doch eine reiche Frau bekommst? Ich weiß es ja, daß du durchaus nur die arme Fee haben wolltest!«

Da zog er sie in seine Arme und küßte sie innig. »Ach, Fee, danach kann ich jetzt nicht mehr fragen. Ob arm, ob reich: du bist du. Und wenn es mich auch mehr befriedigt hätte, dir alles zu sein, alles zu geben, so muß ich mich auch darein fügen, daß du jetzt die reiche Erbin bist. Aber nun erzähle doch, wie es kam, daß das Testament gefunden wurde. Wer hat es gefunden?«

Fee sah Judith an. »Richard Wernher fand es und brachte es mir.«

Auch Rolf sah zu seiner Schwester hinüber. Judith war erblaßt und sah Fee mit großen Augen an.

»Das sieht Richard Wernher ähnlich. Er weiß, daß er stark genug ist, auch allein sein Schicksal zu meistern.«

Judith atmete tief auf und preßte die Hände ineinander. »Also deshalb war er bei dir?«

»Er wäre auch ohnedies gekommen, Judith.«

Aber Judiths Herz klopfte dumpf und schwer. Also nicht ihretwegen war Richard zu Fee gekommen! Wenn er mich nicht mehr liebte, ich hätte es verdient, aber ich würde daran sterben, dachte sie.

Fee erzählte dann kurz über den Fund des Testaments als von einer reinen Zufallssache. Frau Emilie Wernhers Name wurde nicht genannt. »Am liebsten teilte ich das Erbe mit ihm, aber das nimmt er nicht an«, schloß sie.

Rolf nickte. Da erhob sich Judith und ging still hinaus.

Rolf sah ihr nach. »Wenn ich doch meiner Schwester Lebensschifflein auch erst in einem sicheren Hafen wüßte, Fee!«

Sie faßte seine Hand. »Sei unbesorgt, Rolf, es wird noch alles gut werden!«

»Hast du mit Richard über Judith gesprochen?« fragte er.

Da erzählte sie ihm alles.

Er seufzte tief auf. »So stehen sie wieder auf dem alten Fleck!«

Fee schüttelte lächelnd den Kopf. »Es steht alles viel besser, als du denkst. Vertraue mir nur!«

»Meinst du, daß sie sich wieder zusammenfinden?«

Sie nickte. »Wir haben zwei mächtige Bundesgenossen: ihre Herzen.«

XIV

Nach Erledigung der gesetzlichen Formalitäten, die verhältnismäßig rasch erledigt waren, war Fee eines Morgens in die Stadt gefahren, um zum erstenmal wieder Onkel Karls Haus zu betreten. Die Zimmer waren mit Blumen geschmückt, und die Dienerschaft verriet Fee, daß Doktor Wernher diesen Blumenschmuck angeordnet habe. Fee hatte ihm den Zeitpunkt ihrer Ankunft mitgeteilt und ihn gebeten, sie in Onkel Karls Hause aufzusuchen.

Er kam pünktlich, mit einem großen Rosenstrauß, um ihr Glück zu wünschen. Sie führte ihn in das Zimmer, in dem sie ihn damals zum erstenmal empfangen hatte, und bat ihn, Platz zu nehmen.

»Ich komme noch einmal auf mein Angebot zurück, lieber Freund, bezüglich des Kapitals, das ich Ihnen zur Verfügung stellen wollte. Ich möchte das baldmöglichst in Ordnung bringen und Sie daher bitten, zu diesem Zweck morgen zu mir in den Heidehof zu kommen.«

»Wollen Sie denn in den Heidehof zurückkehren? Ich dachte, Sie würden wieder hier Wohnung nehmen«, erwiderte er.

Fee schüttelte lächelnd den Kopf. »Nein, bis zu meiner Verheiratung bleibe ich im Heidehof. Nach unserer Hochzeit werden wir den Sommer in Neulinden, den Winter hier in Onkel Karls Wohnung verleben. So habe ich es mit Rolf ausgemacht. Also nicht wahr, Sie kommen morgen zum Heidehof? Sie können mit mir zusammen zu Mittag essen, und dabei besprechen wir alles.«

Er küßte ihre Hand. »Ich werde kommen.«

Von Judith sprachen sie beide nicht; ihr Name wurde heute nicht genannt.

Am nächsten Tag traf Richard Wernher pünktlich im Heidehof ein und wurde von Fee herzlich, aber ein wenig unruhig und zerstreut begrüßt, was Richard auffiel. Dann nahmen sie im Wohnzimmer Platz und besprachen nun ganz sachlich die Geldangelegenheit. Als sie zu Ende waren, sagte Fee: »Und nun wollen wir hoffen, daß sich alles, alles zum Guten wende. Wie hat denn Ihr Vater die Nachricht von dem Testamentsfund aufgenommen?«

»Besser, als ich dachte. Er hat sich nun schon in alles ergeben.«

Fee hatte nicht sehr aufmerksam zugehört. Und jetzt trat ein gespannt lauschender Ausdruck in ihre Augen. Sie hörte draußen einen Wagen vorfahren.

Auch Richard horchte auf und sah Fee fragend an. »Sie bekommen doch nicht noch mehr Gäste?«

Fee erhob sich. Ein wenig blaß wurde ihr liebes Gesicht. »Doch, lieber Freund, mein Verlobter und seine Schwester sollen mit uns speisen. Und ich glaube, sie sind soeben vorgefahren.«

Er wurde ebenfalls blaß. »Wissen die Herrschaften, daß ich hier bin?«

»Rolf weiß es — Judith nicht.«

Da sprang er auf. »So darf ich mich verabschieden, ehe man mich sieht. Ich bitte Sie darum.«

Sie faßte seine Hand und sah ihn flehend an. »Nein, ich lasse Sie nicht fort, um keinen Preis! Aber ich verspreche Ihnen, Judith soll Sie nur sehen, wenn sie es selbst wünscht. Bleiben Sie ruhig hier im Wohnzimmer. Ich werde Judith sagen, daß Sie hier sind und nichts von ihrem Kommen gewußt haben. Und dann werde ich es ihr überlassen, ob sie gehen oder Ihnen guten Tag sagen will. Bitte, warten Sie hier.«

Er atmete schwer. »Sie meinen es gut, liebste Freundin, aber ich fürchte, Ihre Bemühungen werden zwecklos sein.«

Fee schüttelte mit aufleuchtenden Augen den Kopf. »Ich fürchte das nicht. Und wenn sie zu Ihnen kommt, machen Sie es ihr leicht!«

Damit ging sie schnell hinaus, denn Lisbeth ließ die Geschwister in die Diele eintreten. Sie schloß die Tür des Wohnzimmers hinter sich.

Die Geschwister kamen ihr schon entgegen. Fee begrüßte sie und wechselte verstohlen einen Blick mit Rolf.

Als die Geschwister abgelegt hatten, umfaßte Fee Judith und sah ihr fest in die Augen. »Liebe Judith, Richard Wernher ist hier. Er hatte geschäftlich mit mir zu tun und wußte nicht, daß du heute kommen würdest. Als er eben hörte, war es zu spät für ihn, sich zu verabschieden. Er ist in meinem Wohnzimmer, und ich habe ihm gesagt, daß ich dir die Wahl lassen will, ob du gehen oder ihn begrüßen willst. Wir lassen dich jetzt allein, Rolf und ich. Aber bedenke, Judith, es gilt dein Lebensglück!«

Und die Freundin herzlich umarmend, flüsterte sie ihr noch zu: »Und das eine, Judith, er liebt dich wahr und innig, wie zuvor. Sonst, das darfst du mir glauben, hätte ich dich nicht vor diese Wahl gestellt.«

Damit ließ sie Judith allein mitten in der Diele stehen. Rolf hatte sich schon, auf einen heimlichen Wink Fees, in das kleine Musikzimmer zurückgezogen.

Fee folgte ihm und drückte seine Hand. »Jetzt mag Gott helfen, Rolf!«

Er zog sie an sich. »Du zitterst ja so, Fee.«

Sie sah ihn mit feuchten Augen an. »Es gilt ja das Glück zweier Menschen, Rolf.«

»Du goldenes Herz«, sagte er innig und küßte ihre Augen.

Judith stand eine Weile wie gelähmt und sah mit großen, bangen Augen auf die geschlossene Tür, hinter der Richard Wernher, nicht weniger erregt, wartete.

Die Arme sanken ihr schlaff herab.

So stand sie eine Weile und wußte nicht, wie lange. Aber endlich richtete sie sich auf und schritt langsam auf die Tür zu, das Herz klopfte ihr in schweren Schlägen.

An der Tür machte sie halt und lehnte sich eine Weile kraftlos dagegen. Endlich tastete sie matt und unsicher nach der Klinke.

Und Richard Wernher hörte drinnen dies hilflose Tasten. Er stand mitten im Zimmer, die Augen fest auf die Tür gerichtet.

Langsam tat sie sich auf und über die Schwelle schwankte Judith, blaß bis in die Lippen. Ihre Hände streckten sich ihm entgegen, wie nach einem Halt suchend.

»Vergib!«

Wie ein Schluchzen kam das eine Wort über ihre Lippen, und haltlos wankte sie, als wenn sie den Boden unter den Füßen verloren hätte.

Da war er aber auch schon an ihrer Seite und fing sie in seinen Armen auf. Und ehe sie noch ein Wort sprechen konnte, drückte er sie an sich und preßte seine Lippen auf die ihren.

Sie lag an seiner Brust, zitternd und bebend, und doch eine unsagbare Seligkeit empfindend. Mit einem tränenverdunkelten Blick sah sie zu ihm auf, so, wie sie es einst getan, weich und hingebend.

»Judith, meine stolze Judith, verzeih, daß ich dich diesen Weg gehen ließ! Ich konnte ihn dir nicht ersparen, wenn es noch ein Glück für uns geben sollte. Und ich habe gezittert vor Angst, daß du ihn nicht gehen würdest.«

Ein mattes Lächeln irrte um ihren Mund: »Er war mir schwer, dieser Weg, weil ich nicht wußte, ob du mich noch liebtest. Ich fürchtete, dich auf immer von mir gestoßen zu haben. Vergib, was ich an dir getan habe! Ich bin hart dafür bestraft worden«, sagte sie unter Tränen.

Er küßte ihren bebenden Mund und ihre Augen, die ihm in seligem Glanz entgegenleuchteten.

»Sprich nicht mehr von Verzeihen. Gottlob, daß ich dich wieder an meinem Herzen halte! Wie habe ich mich gesehnt nach diesem Blick voll Liebe. Ach, Judith, es waren schwere Stunden, die ich ohne deine Liebe verbringen mußte.«

Sie schmiegte sich an ihn mit einem stolzen Gefühl des Geborgenseins.

»Sie war stets bei dir, meine Liebe. Mein törichter Stolz litt es nur nicht, sie dir zu zeigen.«

So standen sie und hielten sich umschlungen, als fürchteten sie, daß man sie noch einmal trennen könne. Sie wußten nicht, wie lange sie so dastanden.

Endlich wurde leise die Tür geöffnet. Fee erschien mit einem schelmischen Lächeln, aber mit feucht schimmernden Augen. »Darf ich nun fragen, ob wir zu Tisch gehen können? Rolf behauptet, er falle um vor Hunger, wenn er nicht endlich was zu essen bekomme«, sagte sie in fröhlichem Ton.

Judith flog auf sie zu und umarmte sie. »Fee, liebe Fee, du mein guter Engel.«

Auch Richard trat zu Fee heran und küßte ihr die Hand. »Ich bin es ja schon gewöhnt, aus dieser lieben Freundeshand allerlei Gutes zu empfangen. Heute haben Sie mir das Beste von allem gegeben — meines Lebens Glück«, sagte er tief bewegt.

Fee legte Richards und Judiths Hände in den ihren fest zusammen. »Schwer habt ihr mir's gemacht, ihr beiden. Nun haltet euch aber fest!«

Und sich zur Tür wendend, rief sie hinaus: »Rolf, komm schnell, hier gilt es zu gratulieren!«

Rolf erschien und atmete auf wie nach schwerer Arbeit. »Gott sei Dank! Das war ein schwerer Weg, aber er hat zu einem guten Ende geführt!« Er ging auf seine Schwester zu und umarmte sie herzlich. Dann gab er sie frei und schüttelte Richard die Hand. »Niemanden nenne ich so gern Bruder wie dich, mein lieber Richard, und daß es heute geschehen kann, danken wir einzig meiner goldigen Fee! Wie hat sie um euch und euer Glück gezittert und gebangt!«

Da trat Richard Wernher noch einmal auf Felizitas zu, ergriff ihre Hand und sagte leuchtenden Auges: »Mit Ihren Feenhänden haben Sie die verworrenen Fäden unseres Schicksals gelöst und uns den Weg zum Glück gewiesen! Gesegnet seien zeitlebens diese gütigen Feenhände!«